小学館文庫

浄瑠璃長屋春秋記

# 雪燈

藤原緋沙子



小学館

# 目次

# 浄瑠璃長屋春秋記　雪燈

# 第一話　月の道

## 一

回向院境内《えこういんけいだい》で関八州《かんはっしゅう》の物産展が開かれたのは、夏も終わり、深い秋の気配が感じられる頃だった。

俄《にわか》仕立ての店が参道の両脇《りょうわき》に軒を連ね、おのおのが国の物産を展示し、それとは別に、食べ物飲み物などの出店も出ているから、回向院はいつもの何倍もの人出である。

それはまるで、昨日今日にも江戸に見物にやって来た者たちがどっと押し寄せたようである。男も女も早朝からぞろぞろと集まって来る。気散じにやって来る者、商いのためにやって来る者とそれは様々だが、いったいこれほどの人たちがどこからやって来たのかと田舎《いなか》育ちの者の目には驚きの光景だ。

青柳新八郎《あおやぎしんぱちろう》も日本橋の呉服問屋『丸美屋《まるみや》』の内儀、おますの供をしてやって来たが、やはり江戸の賑《にぎ》わいには今更ながら目を見張る。

「新八郎さま、あたしから離れないで下さいましね」

おますは妖艶《ようえん》な目で新八郎を促した。

「安心しろ。しかしすごい人だな、これは」

「ええ、結構面白い物に出合ったりしますからね」

おますは、目を輝かせて言った。人をかき分けかき分け、次から次へと店を覗《のぞ》く。良い品があれば即その場で掛け合い、買い占めておこうというのが狙《ねら》いでやって来た筈《はず》だが、それは絹物の生地や糸にかぎってのことだ。ところが様々な物産に目をとらわれて、つい商いとは関係のない品まで見て回るから時間がかかる。

主《あるじ》を亡くして店の跡をとったまだ年若い未亡人の、旺盛《おうせい》な好奇心に新八郎は微笑《ほほえ》ましいたくましさを感じていた。

なにしろ新八郎がおますの用心棒を頼まれるのは、妻志野《しの》の足跡を追ってむかった陸奥《みちのく》の旅から江戸に戻ったこの春以来、もう数度に亘《わた》っている。

すっかり気に入られた様子なのだが、一日二分という手当は破格の金額、それに美貌の未亡人の用心棒とあっては願ってもない仕事だった。誰かに命を狙われているなどという話ではなく、ただ用心の為に供をするのだから気楽なものだ。

おますは一通り時間を掛けて物産展を見た。さすがに生糸《きいと》や絹の織物は目を皿のようにして吟味《ぎんみ》していたが、商談に至るものはなく、昼時には押し流されるような人混《ひとご》みから解放された。

「どこかで軽く何か頂きましょうか。それで今日はおしまい」

おますは、人なつっこい目で笑った。

そういう事なら、回向院を出たところで蕎麦《そば》でもどうかと、二人で瓢箪《ひょうたん》池まで歩いて出てきた時だった。

「さあて、お立ち会い！」

聞き慣れた野太い声に振り向くと、

「多聞《たもん》……」

なんとあの八雲《やくも》多聞が大道で木刀を片手に口上を述べているではないか。しかも、派手派手しく白い鉢巻き襷《たすき》がけ、袴《はかま》は股立《ももだ》ちをとって勇ましく、眉《まゆ》も墨で太く描いていて、いかにも豪傑風な男に仕立て上げている。

「お知り合いですか」

おますが、興味深そうな目で聞いてきた。だが、

「いやなに、ちょっとな」

新八郎は口を濁した。多聞のいでたちには呆《あき》れるばかりで、友人だとはとても言いにくい。

それに、新八郎には多聞の心が計り知れぬ。何故また大道芸を始めたんだ、割のいい口入れ屋の仕事があるじゃないかと思ったのだ。金になる仕事はたいがい多聞に持っていかれている。呆れるやら驚くやらで見ていると、

「本日はガマの油を売るんじゃないぞ。腕試しはどうだ？」

多聞はにやりとして群衆を見渡した。そして木刀を空高く突き上げると、

「一本勝負でどうだ……俺が負ければこの一両をくれてやる。俺が勝てば一分を頂く。悪い話ではあるまい？……腕に覚えのある者は、さあておたちあい」

声を張り上げるがさすがに乗ってくる者は出てこない。多聞の出で立ちにまず野次馬は萎縮《いしゅく》してしまって、下手《へた》をすると手痛い目にあいそうな恐れが優先するらしい。

「面白い人ね、新八郎さま、やっつけてあげなさいよ」

おますが言った。

驚いておますの顔を見た新八郎に、おますはいたずらっ子のようにくすくす笑うと、

「はい、一両。一分なんてけちけちしないで」

新八郎の手に渡し、さっと手を上げると多聞に向かって、

「受けて立ちます。勝負！」

すずやかな声が勇ましい言葉を発したものだから、野次馬はびっくりして一斉にこちらを見たが、すぐに拍手が起こった。

「さあ、早く」

おますにどんと背中を押されて輪の中に飛び込んだ新八郎に、

「な、なんだ、おぬし、馬鹿馬鹿、止《や》めろ」

大あわてとなったのは多聞だった。

「雇い主の命令だ」

新八郎は顔をしかめて小さな声で告げた後、側《そば》の台に立てかけてあった木刀を握った。

「よっ、頑張れ！」

「やっつけろ！」

新八郎に野次馬から声援が飛ぶ。その野次馬の中には、おますの満足そうな顔が見える。

「やるのか、おぬし、冗談はよせ」

多聞は声を上げるが、新八郎が引かないと見て、

「あいたた、いたた、いた、いた」

多聞は腹を抱えて蹲《うずくま》った。

「何してんだ！」

仮病か、いい加減にしろ、その格好はみせかけか、などと口汚くののしる声がわき起こり、やがて野次馬は水が引くように去って行った。

残っているのはおます一人、ぽかんとして見詰めている。

「すまん。言いそびれたが、それがしの友人だ」

新八郎が頭を掻《か》きながらおますに告げると、

「まあ、この人が……あなたさまの友人？」

おますは、新八郎と多聞の顔をまじまじと見たが、すぐに体をよじるようにして笑い出した。

「まったく、どうしたのだ」

新八郎は、長屋にひょっこり現れた泣きっ面《つら》の多聞を見て言った。

回向院で多聞と会ったのは今日の昼頃のこと、おますのお供をしていた新八郎は多聞の様子が気になりながらもその場で別れている。

多聞にしてみれば、突然現れた新八郎に邪魔をされ、あれから商いにはならなかった筈だ。

「いや、おぬしに話があってな、あの場では話せなかったが」

多聞は後ろに背負ってきた夕闇をちらと振り返ると、戸口の戸を閉めて上がり框《かまち》に腰をかけた。

「わかった、いま八重《やえ》さんの店に行くところだったのだ。そちらで聞こう」

土間に新八郎が下りようとすると、

「いや、ここでいい、ここで」

新八郎が土間に下りるのを手で制する。

「金なら案ずるな、用心棒代を貰《もら》ったのだ、俺がおごる」

「いやいや、酒を飲んでる場合じゃないのだ」

多聞はそう言うと、いきなり、

「新八郎」

思い詰めた顔で草履《ぞうり》を脱ぎ捨てて上に上がると両手をついた。

「すまぬ。まことにすまぬが、その用心棒代を俺に貸してくれ」

「何……」

呆気《あっけ》にとられて目を見開くと、

「金がいるのだ。多ければ多いほど助かる。女房の伊尾《いお》が病《やまい》に臥《ふ》せっておる。ところが蓄《たくわ》えがない。日頃の口入れの仕事では食うのがやっと、頼るところは他にないのだ」

今にも泣き出しそうな顔で新八郎を見上げてくる。

「何の病なのだ、女房どのは」

懐《ふところ》の財布の中を頭で勘定しながら新八郎は聞き返す。

金がいると言われても、新八郎もこの春国元の国境《くにざかい》にある湯《ゆ》の家《いえ》に、妻志野の足跡を探すために出向き、有り金を使い果たしている。今は日々の暮らしもけっして楽とはいえないのだ。

おますから過分な用心棒代を貰って、やっとこれで一息つけると思っていたところである。その金を右から左に、はいそうですかと渡すわけにはいかないのだ。とはいえ、親友の窮状を見て見ぬふりは出来ない自分が都合をつけてやれる金は如何《いか》程《ほど》か……心もとない算盤《そろばん》を頭の中ではじいていると、多聞は二の腕を両目に当てて泣き出した。

「おい、多聞」

「すまん、つい涙が……実はな、医者に診せたところ、伊尾は労咳《ろうがい》のケがあると」

「何、労咳だと」

深刻な話に驚いて多聞の顔を見直すと、

「そうだ。そのケがあるというのだ。ただ、今のうちにいい薬を与えればなんとかなる。医者はそう言うんだ。滋養のあるものを食わせ、高麗《こうらい》人参を飲ませれば、今はケだから、本当の病になる前に治ってしまうと」

「労咳のケか……初めてきいたな」

「おぬし、俺を疑うのか」

「まさか、それは大変だなと、そう思っているのだ。それでおぬしはあんなことを」

「口入れの仕事とは別に、少しでも金を作りたいと思ってな。なにしろ、あんな病にした責任はこの俺にあるのだ。無理をして内職をしていたからな」

「…………」

「伊尾に十分な手当をと思うと金がいる。とてもとても手持ちの金では足りぬ。今日は恥ずかしい所を見せてしまったが、実をいうとあの時の一両小判も質屋から借りていたものだ。お前と立ち会って万が一にも負けたら、あの金をとられる。そう考えて仮病をつかうしか手がなかったのだ、わかってくれ」

多聞は一気に告げた。哀れな友人の姿に、

「とりあえず、いくらあったらいいのだ」

新八郎は多聞に聞いた。

「三両だ」

多聞は言った。

新八郎は懐から財布を取り出すと、

「おい、手を出せ」

多聞の掌《てのひら》に財布を逆さにして有り金を落とし入れた。二両と金一分、それに小銭が見える。その中から金一分を摘《つま》んで取り、残りは懐に早くしまえと促した。

「すまぬ、恩に着る」

多聞は掌の金をぎゅっと掴むと、急いで土間に下り、

「か、必ず返す」

振り返って新八郎にそう告げると、もつれるような足取りで帰って行った。

「さて……これでしばらく食いつなぐとなると」

摘んだ一分金を見て、八重の店に行くのもおあずけだ、飯でも炊《た》くかと米櫃《こめびつ》の蓋《ふた》を開けるがため息をつく。

米も切れていることを思い出したのだ。それなら安い煮売りの菜でも買ってくるかと土間に下りると、

「こちらは青柳新八郎さまですね」

戸を開けて入って来たのは飛脚だった。

「いかにも青柳だが」

弟の万之助《まんのすけ》が便りをくれたのかと思ったが、飛脚が差し出した文の上包みには、千里《せんり》の名があった。

「千里……」

飛脚が帰ると、新八郎は急いで行灯《あんどん》の側に座った。胸が鳴った。湯の家から江戸に戻ってすでに半年近く過ぎているが、口入れの仕事に追われて、志野のその後の足どりは何もつかめていないのだ。

しかも志野の失踪《しっそう》に深い責任を感じて行方《ゆきがた》を案じてくれている大槻壮介《おおつきそうすけ》との連絡も途絶えたままだった。

そこに千里から文を貰ったのだ。激しく鳴る胸の鼓動を抑えて封じ紙を切った。男の手のような達筆の文字が目に飛び込んで来たが、千里の文字に間違いなかった。

新八郎は一気に息を殺して読み終えた。

──やはりそうか……志野は江戸か。

心の中で呟《つぶや》くと、もう一度初めから読み進めた。

千里の文には、定吉《さだきち》の船で美吉川を下り街道沿いの旅籠《はたご》に泊まった志野は、翌日江戸の商人で、紙問屋『富田屋』の主清右衛門《せいえもん》の助けを借りて江戸に向かったというのであった。

千里は、新八郎が帰ってからもずっと志野の行方を追っていてくれたのだった。

自身が江戸に出てこの話をお伝えし、富田屋清右衛門にも引き合わせを致したい、そう考えていたのだが、師の泰庵《たいあん》の友人楠田《くすだ》一之助《いちのすけ》が藩の改革に乗り出して、父の辰巳屋《たつみや》は蟄居《ちっきょ》となった。父の蟄居が解けるまで私の手で『辰巳屋』を再興しなくてはならなくなった。

手助け出来なくて申しわけないが、富田屋清右衛門は辰巳屋とは古いつきあいがあり、きっと青柳さまのお力になって下さる筈、万が一の時には辰巳屋の名を出してくれと書いてあった。

——紙問屋富田屋清右衛門……。

文をゆっくりと巻き戻しながら、志野の所在に更に一歩近づけるかもしれぬ期待と不安に、気持ちの引き締まるのを感じていた。

二

「お待たせを致しました」

富田屋清右衛門が新八郎が待つ座敷に現れたのは、お茶が運ばれてきてまもなくの事だった。

恰幅《かっぷく》のある初老の男で、鬢《びん》には白いものが走っているが、新八郎の前に座ったその顔には艶《つや》があり、日本橋の大店《おおだな》の旦那《だんな》衆としての威厳があった。

「青柳新八郎と申す。多忙のところを相済まぬ」

神妙な顔で新八郎が挨拶《あいさつ》すると、清右衛門は柔和《にゅうわ》な笑みを湛《たた》えながら、

「お内儀志野さまのことをお聞きしたいと、そういうことでございましたね」

柔らかい声で聞いてきた。

「さよう。事情があって妻を捜しているのだが、美吉川沿いの宿からそなたの力を借り、妻の志野が江戸に参ったという報《しら》せを受けている。話して貰えぬか、その時の志野は、この江戸の、何処に行くつもりだったのか……些細《ささい》な事でもいい、聞かせてほしいのだ」

じっと新八郎は清右衛門を見詰めた。

「さて、確かに私はあの時、美吉川沿いの旅籠から、妙齢の御武家さまのご妻女とご一緒いたしましたが、果たしてそのお方が、あなたさまのお内儀、志野さまであったのかどうか」

訝《いぶか》しい目を向ける。

「清右衛門どの、そなたは俺を疑っているのか」

「いえいえ、そういう訳ではございませんが……困りましたな」

清右衛門は苦い顔をしてみせた。新八郎の素性を疑っているのは明らかだった。

考えようによっては当然だろう。清右衛門は押しも押されもせぬ大店の主である。

相手が誰ともわからぬ男に、たとえひとときを旅を一緒にしただけの女のことであったとしても、べらべらしゃべるようでは信用を失いかねない。

「これを読んでみてくれぬか」

窮余の策と、新八郎は懐に持参していた千里の手紙を、清右衛門の膝前《ひざ》に置いた。

「これは……」

手紙に視線を落とした清右衛門に、

「辰巳屋惣右衛門《そうえもん》の娘千里どのからの手紙だ。妻の身を案じている私のもとに、そなたが妻を助けてこの江戸に向かったようだと報せてくれたのだ。この富田屋は辰巳屋とは旧知の仲、私の名を出して協力を頼んでみてはどうか、そのようにも書いてくれている」

「千里さんが……」

清右衛門は驚いた目を新八郎に向けると、手紙をとって差出人の名を確かめ、手紙の向きをくるりと変えると、新八郎の膝元に返して来た。

「わかりました、お話ししましょう。あの千里さんがあなたの力になろうとしている。そういうことでしたら……」

清右衛門は神妙な顔をして頷《うなず》いた。

「ただ、私が志野さまからお聞きしたことが、あなたさまのお役に立つかどうか」

「構わぬ、話してくれ」

思わず膝を進める新八郎に、清右衛門は穏やかな顔で語り出した。

「あれは、美吉川沿いにある旅籠を早朝立とうとした時でした……」

清右衛門が旅籠の前の船着き場から、手代《てだい》の文吉《ぶんきち》にかねてより用意させておいた船に乗ろうとした時だった。

武家の妻女が地元の船頭とやりとりしているのが耳に入った。刺繡《ししゅう》を施《ほどこ》した紙入れを見せ、これで運んで欲しいと妻女は言っていた。だが船頭は首を縦に振ってはくれない。

妻女は途方にくれているようだった。美しい顔立ちだがやつれた表情でじっと考え込んでいる。

清右衛門は妻女に声をかけた。

「よろしければいかがですか。私は江戸に帰る者ですが、街道口まで船で参ります」

妻女は少し戸惑っているようだったが船に乗ってきた。

「志野と申します。わたくしも江戸にまいるつもりでございます」

頭を下げたが、それ以上志野は語ろうとはしなかった。

街道口の船着き場に到着するまで、志野は何もしゃべらなかった。

船の中からずっと川面《かわも》を見詰めていた。その横顔には哀しみが漂っていた。時折大きく息をつき、溢《あふ》れる涙を押し込んでいるように清右衛門には見えた。

言葉をかけようにも、固く心を閉ざしてかけられない、志野にはそんな雰囲気があった。

清右衛門も何も聞こうとはしなかった。

街道筋で船を下りてからも、

「女の一人旅は危険です、一緒に参りましょう」

半ば無理矢理に清右衛門は志野を誘い、その後も同じ旅籠に泊まり、道中を共にしながら江戸に戻ったのだと言った。

「青柳さま」

清右衛門は息を整えると、

「わたくしは志野さまの様子が心配でございました。それで、よろしければこちらで逗留《とうりゆう》なさるよう申しましたが、知り合いがいますのでそちらに参ります、そうおっしゃったのでございます」

「知り合い？」

「はい、きっぱりとおっしゃいましたので、思いつきでおっしゃったのではないと存じました。そうでなければ、無理にでもこちらにお連れしております。それほど志野さまの顔には危ういものが見受けられました」

「そうか……」

「………」

「いや、この通りだ、世話になりもうした、恩にきる」

新八郎は手をついた。

「どうぞ、お手をお上げ下さいまし。お力になれたのなら私も嬉しい」

「生きていてくれた、それがわかっただけでもありがたい」

「わたくしも志野さまのことは気にかかっておりましたが、これも何かのご縁、わたくしでお役に立つことなら、お申し出下さいませ」

温かい清右衛門の言葉に送られて、新八郎は富田屋を退出した。

翌日のことだった。新八郎は新堀川沿いの法念寺の門をくぐった。

大槻壮介を匿《かくま》っている藩の菩提寺《ぼだいじ》だというこの寺に、新八郎は江戸に戻ってまもなく、和尚《おしょう》を通じて大槻に連絡をとってほしいと頼んでいた。

ところが一向に音信はなく、何か壮介に異変が起きたのではないかと案じていたところ、清右衛門に会って帰宅したその夜、八重が待ち受けていて、法念寺から使いがあったと、一通の書状を手渡してくれたのだった。

手紙は和尚からで、明日夕七ツ法念寺に参られたし、とあった。

用件については何も記してはいなかった。だが新八郎は、大槻壮介と連絡がついたのだと思った。

それで今日、新八郎は待ちかねる思いで法念寺に向かった。

果たして、庫裏《くり》に回っておとないを入れると、すぐに書院に通された。

座敷の外には築山や池をめぐらした美しい庭が見えた。石の上には苔《こけ》がむし、シダが生え、池にかかる紅葉《もみじ》の枝の妙もゆかしく、座して待つのが惜しいような気がして、立ち上がって縁側に出て庭を眺めた。

幕府から追われていた蘭学者の弟子、大槻壮介を匿う藩とは何処の藩なのか。新八郎は歴史を感じる寺の庭を見ながらその事に興味を抱いた。

「お待たせしました」

大槻壮介が日焼けした顔で現れたのはまもなくだった。

「申し訳ない。春先から江戸を離れていたのです。青柳どのが湯の家に向かわれてすぐのことです」

壮介は向かい合うとまず詫《わ》びたが、顔の表情は明るかった。体の中に密《ひそ》やかに精気が漲《みなぎ》っている、そんな印象を受けた。

「いや、実は江戸家老から、国元にある『誠心館』の学生に講義してほしいと依頼がありまして、四十にしてようやく先に光が差しこんできたような思いです」

壮介は頬《ほお》に笑みを浮かべて言った。

「ほう、それはまた」

新八郎は問い返した。

「このご時世です。蘭学に関心のある藩は増えている。医者にしてもそうだ。蘭医が今に重宝されるに違いない」

壮介は熱のこもった口調になったが、はっと気づいて、

「いつまでも私を匿ってくれる藩の名を秘し、新八郎どのに隔靴《かっか》掻痒《そうよう》の思いをこれ以上させてはならない、私はそう思い定めまして」

と言った。

「…………」

新八郎が驚いて見詰めると、

「私が匿われている藩というのは……」

顔を寄せてきて小さい声で囁《ささや》いた。

「美作国《みまさかのくに》、久世《くぜ》藩です」

藩名を告げた。藩名を出すことは藩の了解もとりつけてある、そう思わせる迷いのない口調だった。

「久世藩というと……七万石、藩主は坂部《さかべ》大和守《やまとのかみ》久長《ひさなが》様」

「さよう」

体を起こすと壮介は口辺に笑みを見せた。

「藩には知は最大の武器だという考えがあるようです。いや、久しぶりに美作で私は楽しい時を過ごすことができました。青柳どののことが気になってはいたのですが……」

壮介はそこで言葉を切ると、呼吸を整え真顔で言った。

「で、いかがでしたか、志野どのの行方はつかめましたか」

「志野は、この江戸にいる。そこまではわかりました。ただし、私のもとに戻らなかったのは大槻どののせいではござらん。事情があったのです」

新八郎は、笠間《かさま》藩の辰巳屋で起こった事件や、その後日本橋の富田屋の力を借りて江戸に戻った経緯《いきさつ》を壮介に告げた。

「申し訳ない。私と別れたあと千里どのの家でそんな事が……」

壮介はそれもこれも自分が端緒をつくったという自覚にうちひしがれていた。だがやがて思い直したように口を開いた。

「この江戸に身を寄せるところはあると、志野どのは富田屋清右衛門にそう申されたと……」

聞き返しながら首をひねっている。

「志野からそんな話は聞いたことはありませんか」

「いえ」

壮介は首を横に振って否定したが、はっと顔を上げると、

「ひょっとして、お母上の美也《みや》さまを捜そうとしてこの江戸に……」

「志野の母を……大槻どの、志野の母は生きてこの江戸にいるのですか?」

「どこにお暮らしかは存じませんが、お元気でいらっしゃる、私はそのように確信しております」

「大槻どの」

「私は先生が美也さまを離縁された当時はまだ少年で門弟ではございませんでした。

ですから当時のことは何も知らなかったのですが、塾生となり、五年、いや、四年目でした。兄弟子の小田乙次郎《おだおつじろう》という人と一緒に美也さまにお会いしたことがございます」

新八郎は驚いていた。膝を詰めるような気持ちで聞いた。

「すると志野は、その時の話を……」

「私が話しました」

新八郎は頷いて壮介を見詰めた。

「そうです。あの湯の家から逃げる道すがら、私は一度お母上美也さまの話をしたことがあります」

「………」

「お母上のことは、先生の哀しみを考えれば、ずっと話せなかったことなのです。小田兄も私も口を噤《つぐ》んできた話です。でも先生は、今際《いまわ》の際《きわ》に志野どのに自身の気持ちを伝えられました。猜疑にとらわれて不義を口実に美也を離縁した罪は、私の身に刺さったトゲだと……。美也さまに会って詫びることが出来るのなら詫びたいと、それが今生《こんじょう》の願いだとそうおっしゃったのです。とはいえ、その後美也さまがどうしていらっしゃるかはご存じなかった。無理もありません。先生が美也さまを離縁なさったのは、もう二十七年も前のことなんですから。でも私は、先生の最期《さいご》のお気持ちを聞いて、それまで誰にも話さなかった美也さまのことを、志野どのに話す気持ちになったのです。話すべきだと思ったのです」

「教えて下さい、その話を……」

膝を詰める新八郎に壮介は大きく頷いた。そして静かな口調で話した。

「あれは、美也さまが先生から離縁されて五年も経《た》った頃のことです。私は兄弟子の小田乙次郎さんと先生の使いで王子村に参ったことがあるのですが、その帰りにふらりと王子稲荷《いなり》に立ち寄りました」

二人は、神社の草創は不明ともいわれている王子稲荷の惣門の手前から高台の中腹に見える神社の屋根を仰いだ。

頃は秋も深く、樹林深い王子稲荷は山全体が黄や赤に染まって壮観だった。

この日は午《うま》の日だった事もあり、人出も多く、二人は皆に誘われるように惣門をくぐり、鳥居をくぐり、本社に向かう石段を登った。正直、江戸の郊外とは思えない賑わいぶりに、二人はびっくりしていた。

古くは岸稲荷といい、関八州の総元締のこの社は、毎年大晦日《おおみそか》には関東の狐《きつね》全員がこの神社に集まると聞いている。

そういう話が飛び交うところが人気のゆえんか、本社の祭殿に手を合わせて石段を引き返しながら、今度は参道の両脇に出店している店を眺めながら歩いた。どこの寺社でも参道の両脇には様々な店が並ぶが、王子稲荷もこの時活況を呈していた。

ところが先を行く人の頭の上から鳥居が見えてきたところで、兄弟子の乙次郎がぎょっとして足を止めた。

そして、壮介に耳打ちした。左手の参道に焼き団子屋が出ているが、その団子を焼いているのが、先生のお内儀美也さまと不義の疑いをかけられて破門された平井《ひらい》鹿之助《しかのすけ》だと——。

その男は町人髷《まげ》に鉢巻きをして、紺地の縞《しま》の着物に襷をかけていた。むろん壮介は直接会ったことはない。先生と内儀美也の破局のことは聞いていたが、壮介には実感のない噂の上の話だった。

ところが、乙次郎は、間違いない、鹿之助さんだと強《こわ》ばった顔でまた呟き、

「まさかこんなところで団子を売っているとはな」

独りごちながら、近づいて声をかけようかどうか迷っているようだった。

するとその時、鹿之助という男の横手に女の顔が見えた。美しい人だった。

「美也さまだ」

乙次郎は思わず叫んでいた。その声は小さく、人の行き来する雑音にかき消されて美也に気づかれることはないと思っていたが、

「小田さん、乙次郎さん」

美也の声が飛んできた。

驚いて見迎える乙次郎に、美也の方から走り寄って来た。

壮介がちらと鹿之助の方に目を遣《や》ると、鹿之助は険しい目でこちらを見ていた。

いや、険しいというより、恨みの目だと壮介は思った。

だが鹿之助はすぐに視線を外して団子を焼き始めた。もうこちらを見るまい、そんな気配が感じられた。

「とうとうみつかってしまいましたね」

美也は戸惑う乙次郎に言った。

「お元気そうでなによりです」

妙な挨拶だと壮介は思ったが、乙次郎は他に答えようがなかったに違いない。美也より乙次郎の方が緊張しているように壮介には見えた。

「ここでお会いしたのも何かの御縁、わたくし、乙次郎さんだけには真実をお話し

してておきたいと思います」

美也は一心に団子を焼く鹿之助の方を気遣いながら、

「私たち、今は一緒に暮らしておりますが、どうか勘違いしないで下さい。あの頃の私たちは、野田《のだ》のいうような関係ではけっしてございませんでした。あんな騒ぎがあってはじめて二人は一緒になったのです」

「…………」

「どこでどうしてあんな噂がたったのか存じませんが、ああいうことになりました。鹿之助さんは何も反論出来ずに野田塾を追われました。そして、切腹しようとしたのです」

「切腹……」

「はい、身の潔白を証明するのだと言いましてね」

話すうちに、美也は乙次郎に険しい目を向けてきた。

「…………」

「わたくしは鹿之助さんを放ってはおけないと思いました。もう野田塾に帰れない二人です。助け合って生きるしかない。そう思いまして……それで、昔の知り合いを頼ってこの地に参りました。そして今は団子を焼いています」

平静を保とうとすればするほど、美也の言葉の奥から封じこめていた怒りが噴出してくるように見えた。

乙次郎は返す言葉も見つからないようだった。黙って聞いて頷いていた。

乙次郎の胸には、あの時どうして鹿之助を信じてやれなかったのかという思いがあったらしい。そういう心の中を、美也が玄哲《げんてつ》と別れてまもなく壮介は乙次郎自身から聞かされていた。

若い、まだ女とつきあった事もない壮介にとっては、美也との遭遇は衝撃的だった。

それだけに、玄哲には黙っていようと乙次郎と約束したのであった。

「新八郎どの」

壮介は話し終えると、改めて新八郎の顔を見て言った。

「先生が湯の家で、志野どのの手をとり、心残りはたったひとつ、美也に会って謝りたい、そうおっしゃった話は先ほどもいたしましたが、志野どのがその言葉を忘れる筈がない。父の思いを母に届けてあげようと思われても不思議はないと思われます」

壮介の顔は昂揚《こうよう》していた。新八郎に話しているうちに、自身の推測に確信をもったようだった。

「私も手伝わせていただきます。志野どのを一緒に捜しましょう」

壮介は膝を乗り出してきた。

「いや、お気持ちは有り難いが、危険です。あなたは狙《ねら》われているのですから」

「私には責任があります。志野どのを捜し出してはじめて自分のこれからの人生を歩めるのです。志野どのを捜さないことには、私のこの先もありません」

「大槻どの」

新八郎は強い口調で壮介の言葉を制していた。

新八郎は今日この寺に入って壮介に会う前に、挨拶に出てきた和尚から、壮介は匿われている藩から学者として嘱望されていることを聞いていた。

国元に出向き学生に講義をしたと壮介からも聞き、ようやく中年にさしかかったところで開けた壮介の前途を、志野のために縛りつけるのは心苦しいと思ったのだ。

「大槻どのはもう……」

新八郎は壮介の目をとらえて首を横に振った。そしてきっぱりと壮介に告げた。

「妻は、この私がきっと……」

三

「旦那、いらっしゃいます？　隣の仙蔵《せんぞう》さんが急いで来てほしいって言っていますよ」

出かけようとして土間に下りた新八郎は、ふいに入って来た白塗りの顔を見てぎょっとした。

「あたしですよ、旦那」

言われて目をこすると、長屋の一番奥に住む祈禱師《きとうし》のおまさではないか。

「なんだおまさか、何の用だ」

「仙蔵さんが急いで来てほしいって言ってましたよ」

「仙蔵が……」

そう言えば、近頃とんと仙蔵に会っていなかったと思い出した。

「どこに来いと言ってるんだ」

「殺しの現場」

「何、お前は、なんと今言った？」

「殺しの現場ですよ、あたしも今そこから帰ってきたとこなんだ」

おまさは、真っ白く塗りたくった顔で新八郎に告げた。やはりどんなに塗りたくっても男であることは隠しようがない。

おまさの本当の名は政蔵《まさぞう》という。むろん男だ。男の癖に女になりたいとかで、名を女の名にして、姿もすっかり女のそれに仕立ててはいるのだが、そり残した口ひげが目立っていたり、喉仏《のどぼとけ》も一際大きく見えて、それに骨っぽくてむさ苦しい。

本人はおまさという女になりきっているようだが、新八郎の目にはどこから見ても政蔵だった。

とにかく滅多に口を利《き》くこともなかったおまさが、突然旧知の仲のようになれなれしく話すものだから新八郎は面食らったが、

「場所はね、海辺大工町の河岸地《かしち》ですよ。なんでも殺された同心が、仙蔵さんが手札を貰っている人とか言ってましたね、おいおい泣いてさ」

という言葉に仰天した。

仙蔵が手札を貰っている旦那と言えば、北町の長谷《はせ》啓之進《けいのしん》だ。

「おまさ、嘘《うそ》ではあるまいな」

「だから、あたしも今までそこにいたんだから」

「わかった、海辺大工町だな」

新八郎は念を押すと長屋を飛び出した。

まさかあの旦那が殺されるとは、夢でも見てるんじゃないかと思ったが、小名木《おなぎ》川沿いにある海辺大工町の河岸に駆けつけると、さすがに野次馬は追っ払われた後らしく数人の人影がうごめいているだけだったが、戸板に乗せた遺体に付き添ってこちらにやって来る仙蔵が目に入った。

「仙蔵」

声をかけると仙蔵は、悔しそうに歯を食いしばって、

「許せねえよ、旦那、許せねえ」

仙蔵は泣きはらした目で新八郎に訴えた。

長谷の遺体はひとまず近くの番屋に運び込まれた。

新八郎は、番屋の座敷の上に戸板ごと寝かされた長谷の傷を見た。

長谷啓之進は、背後から匕首《あいくち》か刀のような刃物で刺されて、それが胸を貫通して即死していた。

羽織も中に着ている着物も血染めになっていて、壮絶な最期だったことを想像させた。

遺体はこれから奉行所に一度運ばれ、それから遺族に渡されるという事だったが、仙蔵は奉行所の者が来るまで長谷の側に付き添うのだと言う。

「長谷の旦那は、近々お役目が決まるところでした。きっと定町廻《じょうまちまわ》りで決まりだ、その時には仙蔵、お前もいよいよ本物の十手持ちになって、私を助けてくれ、なんてね、昨日おっしゃってたところだったんです。まさかこんな事になるなんて……新八郎の旦那、あっしはどんな事をしても敵《かたき》をとってやりてえんです。力になってくれやすね」

仙蔵は手をついた。

「俺が役に立てるかどうかわからぬが、長谷さんは知らぬ人ではない。協力する」

「ありがてえ、これで鬼に金棒だ。長谷の旦那もきっと喜んで下さる」

仙蔵は体を起こすと、長谷の遺体に目を移して語りかけた。

「長谷の旦那、聞いて下さいやしたね。きっと敵はとってみせます」

「しかし、何故長谷さんは殺されたのだ。誰にやられたのか見当はついているのか」

「長谷の旦那は、天神の弥三郎《やさぶろう》とかいう人宿を商う十手持ちを調べていたところでした」

「何、天神の弥三郎だと……」

新八郎は驚いて聞き返した。

志野の実父野田玄哲、弟子の大槻壮介を執拗《しつよう》に追っていた岡っ引が、確か天神の弥三郎とかいう名だった筈だ。

「へい、奴は牛天神の側で人足専門の人宿をやっております。人足といっても、集まっているのは無宿人ばかり……それでも御奉行所が手を入れられなかったのは、請け負う先が大名屋敷だからです。弥三郎は奉公所の腰が引けているのをいい事に、あこぎに儲けているようすです」

「だが長谷の旦那だけは腰が引けないどころか、奴を調べていた。理由はなんだ」

「人殺しで追われている男が手下にいるようだって言っておりやした。それであっしと交互に弥三郎の店を張っていたんですが」

「いつからだ」

「もう半月になります」

「しかし、なぜ深川で殺されたのだ……牛天神と深川では随分離れているではないか」

「へい、そこのところはあっしにも……何故旦那は小名木川の河岸で殺されちまったのか、調べはこれからです」

「そうか、それがわかれば相手が見えてくるという訳だな。いいか仙蔵、旦那が追っていた人殺しの男だが、もう少し詳しく調べるのだ。それから長谷の旦那の書き残したもの、遺品の中に何か証拠はなかったか、それもな」

「へい、必ず」

　仙蔵は神妙な顔で頷いた。


　興津《おきつ》八重が働く奈良茶漬けの姉妹店、同朋町の『吉野屋《よしのや》』から、

「秋山鉄之助《あきやまてつのすけ》さまがお会いしたいと言っています」

　そう言って使いが来たのは、その日の夕刻だった。

　秋山鉄之助は吉野屋の常連だが、殺された長谷の上役である。また、仙蔵が長谷の手下になったのは、鉄之助の口利きによるものだったから、新八郎を呼び出した用向きは、長谷殺しの一件と見た。

　果たして、店に入ると八重が出てきて奥の小座敷に通されたが、そこには秋山と話し込んでいる仙蔵の姿があった。

　二人の周りには重い空気が漂っている。

「旦那……」

仙蔵は、新八郎の姿を見ると、慌てて席を立ち、新八郎を秋山の真向いに座らせた。そして自分は少し離れて控えるように座った。

秋山は新八郎が座につくと言った。

「ご存じかと思うが、長谷が殺された。痛恨の極みだ」

まず口をついて出たのは、無念の言葉だった。

「これからだというのに、私は長谷を、長谷の親父殿に負けない同心に育てようと考えていた。奉行所もむろん、なんとしても長谷を殺した者に縄をかけるつもりだが、出来ることなら私は仙蔵に縄をかけてもらいたい」

すると、控えている仙蔵がおいおい泣き出した。

「あっしはきっとお縄をかけやす。つまらねえあっしを一人前の男として頼ってくれたのは長谷の旦那一人、あっしは命に代えても長谷の旦那の敵をとりやす」

泣いては言い、言っては泣く。

「仙蔵、今から泣いていてどうする。しっかりしろ」

新八郎は叱《しか》りつけた。

「仙蔵の話では、青柳どのが仙蔵を助けてくれるとのこと、公《おおやけ》には出来ぬ話だがよろしく頼む」

　秋山はちらと仙蔵を見て言った。

　新八郎が頷くと、秋山はずいと膝を寄せてきて、懐から紙を出して新八郎の前に広げた。手配書だった。

「長谷が、役所の机に保管していたものだが、その男は上方《かみがた》で一年前、たばこ屋の老夫婦を殺して、金箱にあった三十五両を盗み取って御府内に逃げてきたといわれている。長谷はこの男を追っていたのじゃないかと思うのだが」

　秋山の説明を耳でとらえながら、新八郎は描かれている男の顔をじっと見た。

やまかがしの儀三《ぎぞう》とある。ぬめりとした感じの凶悪な顔だった。

　さらに秋山は付け加えた。

「同心部屋の仲間には詳しい話はしていなかったようだ。長谷のことだ、もう少し証拠を固めてからという気持ちがあったのかもしれぬ」

「秋山どの、儀三と天神の弥三郎とは、なにか過去に繋《つな》がりがあったんですか。仙蔵から聞いた話では、長谷さんはこの儀三が弥三郎にかくまわれているとみて弥三郎を見張っていたらしい」

「弥三郎は、自身も得体のしれない男だが、集まって来る男たちもいわくのある輩《やから》が多い。過去に儀三との特別な繋がりがなくても、弥三郎は受け入れるに違いない。なにしろあそこにはあらくれ男や無宿人が大勢いる。好んで雇い入れているふしがあるからなおさらだが、弥三郎自身、石川島にいたことがあると聞いているから、それもあるのかもしれぬな」

「石川島……人足寄場ですか」

「さよう」

「秋山どの」

新八郎は、思い切って胸にある疑問を口にした。

「そんな男に何故、お上は十手を授けていたのでしょうか。弥三郎は、ずっと野田玄哲という蘭学者の捕縛《ほばく》に血眼《ちまなこ》になっていた男です」

「確かにそんな噂を耳にしたことはあったが、奉行所は関わってはいない。あれは徒目付《かちめつけ》の仕事だったように思う。しかし私が聞いたところでは、あの探索はもはや沙汰止《さたや》みとなっている筈だが」

「沙汰止み……そうですか。ところが、私が知っている者の中に、いまだに弥三郎にあらぬ嫌疑をかけられて追われている者がいる。今となっては全くの私怨《しえん》で追っかけているようだ」

「自身もうさん臭い男の癖に……弥三郎の場合は、これは私の推測だが、徒目付の手足となって働いたことや大名家に出入りしていることが幸いしているな。大名家にとっては弥三郎のような仕事をしてくれる者は重宝この上ない。だからついつい甘い顔をする。どこからどう手を回して十手を授かるようになったか知らぬが目端《めはし》の利く奴だ。いったん大名家に入り込むと箔《はく》がつく。弥三郎はそれを鼻にかけて悪さをする。余程目に余るようでなければ皆口を噤むからな。長谷もそれを知っていたからこそ、有無を言わさぬ証拠をつかまねばと思ったのだろう」

秋山は言い、大きく息をついた。そして今度は、

「さて、仙蔵」

仙蔵に顔を向けると、

「お前は主を亡くしたが、この私が今日からお前に十手を授ける。長谷の無念を晴らしてやれ」

と言った。仙蔵は感極まって畳に頭をすりつけた。

「しっかりやれ」

秋山は仙蔵に言い置いて部屋を出た。

秋山の足音が去るのと入れ違いに、床を強く踏みしめる足音がして、

「おい、何をこそこそしているんだ」

多聞が入ってきた。

「八重さんから聞いたが、仙蔵、長谷の旦那が殺されたそうだな。俺にも手伝わせろ、いや、手伝わせてくれ」

どかりと座った。

「おぬし、よいのか。この仕事は、金にはならんぞ」

新八郎が言う。

「金ならお前に助けてもらって一息ついている。女房の病状も落ち着いてきた。口入れの仕事も区切りがついたところだ」

「旦那、ありがとうございやす」

仙蔵は拝むようにして礼を述べると、懐から巾着《きんちゃく》を取り出した。そして多聞の前に改まった顔で置いた。

「旦那、いくらも入っていねえが、これで……」

「馬鹿を申せ。お前から金を貰ったら俺も終わりだ」

「ですが、旦那は今お内儀のために金が一文でも多くいる、新八郎の旦那に聞いておりやす」

「いらぬ」

多聞は、むっとしてみせると、

「金の亡者となっているこの俺にだって、人の情はある。長谷さんはお前の雇い主だった人だ。お前の主は俺にとっても大切な人だ。その人が殺されたのを黙って見ていられるか」

「だ、旦那……」

仙蔵は感極まって多聞を見た。

四

二日後、新八郎は仙蔵と深川の小名木川沿いにある海辺大工町に向かった。長谷啓之進殺害の証拠を探すためだった。河岸に下りると、船で薪《たきぎ》を運んできた船頭が、河岸に積んだ薪に腰をかけ、煙草《たばこ》をふかしていた。

初老の船頭だった。だがその赤黒く焼けた腕にも顔にも、自信と頼もしさが窺《うかが》える。

男は、ちらと新八郎の方に視線を投げてきたが、すぐに顔を戻して煙管《キセル》の灰を打ちつけて落とし、腰に着けている煙草入れから、もう一服吸いつける。

空《から》になった男の船は、岸に結わえた縄一本を頼りに、川の流れに身を任せて揺れている。その川面の水は青く澄み、日の光を跳ね返して流れている。

一見するに、ここで一昨日同心が殺されて横たわっていたとは思えない、のどかな風情だった。

新八郎と仙蔵は、丹念に辺りを検分した。だが、ひとあたり見たところでは、血の跡は残っていたが、証拠になるような物は何も見つけることが出来なかった。

「やっぱり無駄足だったんですかね」

仙蔵は悔しがった。だがその仙蔵を、船頭はちらりちらりと見ては考えている様子である。

「もし、ちと尋ねたいことがあるのだが」

新八郎は船頭に近づいて声をかけた。

「一昨日ここで町方の同心が殺されていたんだが、親爺さんは知らないか」

「…………」

親爺は黙って白い煙を吐いてから、じろりと仙蔵を見、それから新八郎に目を戻して、

「うっかりした事は言えねえ、近頃じゃあ十手を持つ親分の方が、そこらへんにいるならず者よりよっぽど怖いからな」

「何、どういうことだね」

「十手を持ってりゃ、脅しをかけて金もとれるし、人殺しも出来る……違うか」

もう一度じろりと仙蔵を見る。

「やいやい、とんでもねえ事を言うもんだな。おいらの持つこの十手はそんな不浄の代物じゃねえや。正真正銘悪い奴をつかまえるためのもんだ」

「ふん、冗談も休み休みに言いな。おめえさんの仲間だろ。ここでお役人を殺した奴は」

「この野郎」

仙蔵が十手を振り上げたのを、

「待て」

新八郎は、その腕を握って制した。

「見たんだな、ここであった殺しを……」

船頭の側にしゃがみ、じっと船頭の顔を見た。

「な、なんだって。ほんとかい、親爺さん」

　仙蔵も驚いて側にしゃがんだ。船頭はゆっくりと煙草をふかした後、煙管の頭を腰掛けている丸太の端に打ちつけた。

「頼む。知っていることがあれば教えてくれ。私とこの者は、ここで殺されていた旦那に縁がある者だ。あの旦那を殺した奴を見つけ出したい、それでここに参ったのだ」

「…………」

　船頭は立ち上がった。そして新八郎の顔をじっと見返してから口を開いた。

「あっしは見たんだ。あの旦那が男を尾《つ》けているのを」

「尾けている?」

　仙蔵は聞き返す。

「男は人相がよくねえ、へびのような顔をした野郎でした。悪人てぇいうのはこういう男だろうと思えるような奴でした。何か事件を起こして尾けられているにちげえねえ、あっしは船を漕ぎながらそう思って見ていたんですが、ところがです。なんと、へびの野郎を尾けてる旦那がですよ、岡っ引に尾けられているじゃあありやせんか」

「何……」

「おかしな具合だと思いましてね、気になってしばらく見ていたんです」

「親爺、その話は、ここで殺しがあった日のことか」

「へい」

「時刻は?」

「あれは、薪を配り終えたところでしたから、昼の四ツは過ぎていたと思いやすが……」

新八郎は、仙蔵と顔を見合わせた。

「間違いねえ」

仙蔵が低い声で呟いた。

「で、親爺さんが見たという場所は……この近くか」

「今川町です。河岸通り。仙臺堀《せんだいぼり》沿いですよ。あっしはね、この小名木川沿いと仙臺堀沿い、それに六間堀沿いにお客がいて、ずっと薪を配っておりやすからね」

親爺は得意げな顔で言った。

一方多聞は、小石川の加賀《かが》藩上屋敷で、庭池普請《ふしん》の人足たちを監視する役についていた。

袴の股立ちを取り、襷がけで、右手には細い竹の棒を握っている。その棒を振りながら、もっこで石や土を運んでいる人足たちを監視しているのだった。

「おいおい、しっかりしろ。そんなへっぴり腰でよくお前は人宿に雇われたものだな」

若い二人の男の尻をぴしっと叩《たた》いた。

「いたた、止めてくれよ!」

若者の一人は、担いでいたもっこを下に下ろしてくってかかって来た。

「悪く思うなって」

多聞は決まり悪そうな笑みを浮かべると、ちらと向こうの池の端で人足に指揮をしている弥三郎の方を見た。

「お前たちがのろのろしてたら、親分はもう二度と雇ってくれんぞ。もっこを担ぐにはこつがあるのだ。どれ、俺に貸してみろ」

多聞は若い男の側に歩み寄ったが、その時、

「多聞の旦那、親分がお呼びですぜ」

背は低いが、強面《こわもて》の男が告げに来た。

この男も人足たちを指図しているが、昔は相当な悪を重ねてきた奴に違いないと

多聞は見ている。名は、ここでは六蔵《ろくぞう》と呼ばれていた。

「わかった、すぐに行く」

多聞は六蔵を追いやると、

「いいか、力仕事をする時には要領よくやるんだ。担いでふらふらする程もっこの中に入れるのはやめろ、軽く入れろ、軽くな。ただし、見張りが俺じゃない時には仕方がねえ、皆と同じに入れて歯を食いしばって運べ」

若い二人に言い含めて、弥三郎の元に走った。

「旦那、具合はどうだね。うちはこんな仕事ばかりだが、やってける自信はついたかね」

弥三郎はにやりと笑って多聞に言った。

頬に二寸ほどの傷のある弥三郎は、笑うとその傷跡がひきつって、一層悪相顔になる。

多聞は二日前からこの男に雇われていた。

「任しておけ、しかしお前もなんだな、これだけの人足を常に抱えているとは大したもんだ」

多聞は感心した口ぶりで、せっせともっこを担ぎ、鍬《くわ》を持ち、休みなく働いている人足たちを見渡した。ざっと見て三十人はいる。

多聞も含めてこの屋敷に入った人足たちは、五日の間に、新しい池をつくるように言われていた。

「へっへっ、こんなことで驚いてもらっては困るぜ、旦那。まあそのうちに、あっしの力がどんなものかわかるというものだ」

「いやいや、たいしたものだ。手当もたっぷりだ。弥三郎、俺が出来ることは何でもする。言ってくれ」

「ひゃっひゃっ、よろしく頼みますぜ、旦那」

弥三郎は上機嫌で笑った。

「旦那、弥三郎親分に気にいって貰えましたね」

元の場所に引き返す多聞に、六蔵がついてきて耳打ちした。

「お前のお陰だ。そうだ、おい、仕事が終わったら一杯いくか。俺が奢《おご》るぞ」

六蔵の胸を手の甲で叩くと、

「ほんとですか」

「仕事のなかった俺を弥三郎に紹介してくれたのはお前だ。恩に着るぜ」

多聞は言った。

六蔵は多聞を、さる藩を追い出された男だ、腕は立つ、そのように弥三郎に紹介してくれたのである。

それを受けて多聞自身が、上役とそりが合わずに自ら藩を飛び出した硬骨漢のようなつくり話を弥三郎にしてみせたものだから弥三郎は信用したようだった。

嘘八百の演技とはいえ、弥三郎を信用させたことで多聞はいい気分だった。食うためにはどんな仕事にも飛びつく情けない浪人者から、一段も二段も格上げされたようで愉快だった。

ただ、弥三郎を十分納得させるほどの人相風体を自分はしているのだと思うと、いささか考えるところのある多聞である。

夕刻、仕事が終わるのを待って、多聞は六蔵を茅町《かやちょう》の飲み屋に連れて行った。

「飲め飲め、遠慮はいらんぞ。弥三郎もここまでは目が届かぬ」

六蔵の盃《さかずき》にどんどん酒を注ぐ多聞に、

「まったくでえ。あっしのような前科者を雇ってくれてるんだから文句は言えねえが、逆らったらあぶねえあぶねえ」

「人のことは言えぬが、あの人相でよくいい仕事が舞い込んでくるものだな」

さりげなく鎌をかけてみる。

「そうよ、驚いちゃあいけねえぜ、旦那。請負の仕事はいくらでもあるらしいですぜ。たとえばお掃除、草引き、馬の草刈り、大名屋敷にゃあ仕事が溢れているようですぜ」

「ふむ、誰か後ろ盾がいるんだな」

「さあて、そんな事はあっしにはわからねえ。だがよ、あっしが聞いた話じゃあ、親分は十手を持っていなさる。ずいぶん前から、目付の手先となって働いたことがあるようだが、その頃から商いも大きくなったと聞いてるぜ」

六蔵は得意げな顔をしてみせた。

弥三郎のところに集まっている連中が、いかに昔大きな仕事をした輩か、そんな自慢もしてみせた。

「わかったわかった。弥三郎は只者《ただもの》じゃねえ。これは俺が耳に挟んだ話だけどな」

多聞は周りの客の顔ぶれを憚《はばか》るように見渡してから、

「おい、ちょっと耳を貸せ」

六蔵の耳を口元に引っ張ってきて、

「大坂から逃げてきた儀三とかいう男を匿っているとか……」

囁いてから六蔵の顔色を窺った。

「だ、旦那、どうしてそれを知っていなさるんで」

さすがの六蔵も酔った目を見開いて、しっと口に人差し指を当ててみせた。だが、聞かれれば黙ってはいられない質《たち》らしく、

「大きな声じゃあ言えませんが、いますよ」

ささやいて片目を瞑《つむ》ってみせる。

「何してるんだ、そいつは。人足の中にはいないようだが」

「旦那、儀三とは知り合いですか」

「上方で一、二度会ったことがあった」

「へえ」

「どういう訳で江戸くんだりまでやって来たのか、聞いてみたいと思っているのだ」

「そうですかい。いや、あいつは特別扱いでさ。なにしろ人を殺《あや》めている。人足たちにも一目おかれているんだ」

六蔵は多聞の耳に囁いてから体を起こして、

「そういう訳だから、奴は親分に頼まれて毎日出かけてるらしいぜ」

にやりと笑った。

「ほう、それで、今日あそこにはいなかったという訳か。何処に出かけているんだ?」

「ふっふっ、野郎が人足なんてやるものか。あいつは、何か調べているって聞いてるぜ」

「調べている?」

「何を調べていたのか……一度聞いたが忘れちまった」

六蔵は口を濁した。

すると多聞は如才なく、どんどん六蔵の盃に酒を注いで行く。酒が銚子に少なくなったのを傾けて知ると、

「おかわりだ!」

野太い声で板場に叫んだ。そして、愛想のいい顔で六蔵に話の続きを聞く顔をしてじっと見た。

「だ、だんな」

困惑気味の六蔵に、

「馬鹿、思い出せ、六蔵!」

多聞は大きな目で睨《にら》んだ。

# 五

「それで、わかったのか」

新八郎は行灯の灯《ひ》を、多聞が座る上がり框に移してから、火鉢で煮え立っている湯を急須に注いだ。茶は朝飲んだままの出がらしである。

「有り難い、でがらしでも体は温まる」

憎まれ口を利《き》きながら多聞は湯の入った茶碗《ちゃわん》を両手で包んで、

「その六蔵の言うのには、儀三は蘭学者の内儀の居場所を捜しているというのだ」

「何……」

新八郎は険しい目で多聞を見返した。

「その蘭学者の名は……野田玄哲か」

「いや、そんな名ではない。ええと、ちょっと待ってくれ、今思い出す」

拳骨《げんこつ》を作って額《ひたい》をこんこん打って思い出そうとする多聞に、

「大槻壮介じゃなかったか」

新八郎が名を挙げると、

「それだ」

多聞は大きな声を挙げた。

「まことか」

「六蔵はそう言ったんだ」

「………」

新八郎はぎょっとした。

多聞の話から推測すると、儀三は弥三郎の命を受けて大槻壮介の妻子の住む所を突きとめようとしているらしい。

狙いは壮介に違いない。なんとしても壮介を捕まえようとする弥三郎の執念は、壮介の家族に向かっているようだ。

ところがその儀三に目をつけたのが長谷啓之進だった。

長谷は壮介と弥三郎の過去のいきさつはもちろん知るはずもないのだが、ひょんな事から弥三郎の配下にお尋ね者がいる事を察知して尾けていた。

ところがそれを、逆に弥三郎に知られてしまった長谷は、弥三郎に尾けられて、小名木川沿いの海辺大工町で殺されてしまったのだ。そう考えると辻褄《つじつま》が合った。

「多聞、実はな」

新八郎は、海辺大工町の河岸で船頭に聞いた話を多聞に告げた。

「ふうむ。俺の長屋も海辺大工町だ。同じ大工町でも長谷が殺されていた場所は万年橋袂《たもと》で家《うち》から遠いが、長屋の連中の中には何か見聞きしている者がいるかもしれんな」

多聞は茶の残りを飲み干して立ち上がった。

「新八郎さま、いらっしゃいますか」

その時戸口で八重の声がした。

多聞が戸を開けると、八重がするりと入って来た。

「秋山さまからです」

八重は一枚の紙を新八郎の前に置いた。

「徒目付、山崎十五郎《やまざきじゅうごろう》……」

多聞が手にとって読み、

「弥三郎に十手を授けた男の名だな」

新八郎の手に渡して言った。

名前の横には、山崎十五郎の所も書いてあった。

「あの、それからこちらを……食べて下さい」

八重は抱えていた風呂敷包みを置いて帰って行った。

早速多聞が勝手に開けて見た。店の残り物だと思われるが、折に入れたご飯とお菜が綺麗《きれい》に並べて入っていた。

「おい新八郎、やっぱり八重さんはお前に気があるな」

多聞は煮蛸《にだこ》を一切れ摘んで言った。その目は新八郎を試すように見詰めている。

「馬鹿を申せ。お前に全財産を恵んだことを八重どのは知っているんだ。飢え死にせぬように気を遣ってくれているだけだ」

多聞を睨むが、新八郎の胸は疼《うず》く。妻志野への愛情に変わることはないのだが、八重の心遣いにずっと助けられてきた。

それに、婚家を追い出されたにもかかわらず、夫の無念を晴らして、肌身離さず持っていた夫との思い出の品、いのこずちを懐紙の船で流した時の、あの八重の優しげで寂しげな横顔を、新八郎は忘れたことはない。

八重には八重の、志野にはない女の魅力を新八郎は感じていた。いや、それは、ひとり新八郎だけではない筈だった。

妻子持ちの目の前にいるこの多聞とて、八重を心憎からず思っている筈だ。

「お前の言う通りなら、俺は幸せ者だがな」

新八郎は笑ってみせた。

「旦那、仙蔵親分、大丈夫ですか」

仙蔵は肩を揺り動かされて目を開けた。寒い寒いと感じながら居眠りをしてしまったようだ。よだれを垂らして眠っていたようで、仙蔵は慌てて手の甲で口元を拭き上げると、

「すまねえな、とっつぁん」

痩《や》せた小柄な白髪《しらが》頭を見上げた。

仙蔵を起こしたのは、万年橋の橋番屋を預かる民吉《たみきち》という爺さんだが、仙蔵が橋袂の柾木《まさき》稲荷でここ二日、不眠不休で張り込む間、二度の食事を運んでくれている。

食事といっても、握り飯に漬け物、それに温かい湯を持ってきてくれるのだが、その湯にゆずの香りがしていたりして、仙蔵は爺さんのいきな心づかいが嬉しい。

朝晩はめっきり寒くなって大川から上がって来る川風で震える時もある。だが、爺さんのお陰で張り込みにも踏ん張りがきくというものだった。

「いつも同じものばっかりでよ」

民吉はそう言うと、仙蔵の膝に握り飯を包んだ竹の皮を置き、

「今日はお茶っ葉が手に入ったんだ」

竹筒に入れた熱い茶を、仙蔵の側に置いて自分も座った。

二人が座っている所からは、万年橋と長谷啓之進が殺されていた河岸が良く見える。

仙蔵は船頭の話から、必ず儀三と弥三郎が今川町に向かうために、この万年橋の上に現れると考えていた。

仙蔵の懐には、与力の秋山鉄之助から渡された儀三の人相書きがある。ここで座っている間に数え忘れるほど儀三の人相書きを睨んできたから、いちいち懐から出して確かめなくても、それらしい者が橋の上に現れれば即座にわかる。

しかし、仙蔵の執念も空《むな》しく、儀三も弥三郎もまだ現れてはいなかった。

「張り込みってえのは、気が負けちゃあおしめえだ。俺にも覚えがあるが、仙蔵さんはまだ若え、まっ、頑張るんだな」

民吉はしんみりと言った。

「覚えがあるって……爺さんも十手持ちだったのかい」

「まあな、遠い昔だ。その縁でこうして橋番をしてるんだが、仙蔵さんを見ていて昔を思い出した」

「へえ、そうだったのかい」

仙蔵は感心した目で民吉をちらと見た。耳で民吉の話は聞いているが、その目は橋の上から離れることはない。握り飯を食べる時だって、橋の上を睨んで口に頬張る。

「爺さんは誰から十手を……北か南か、どっちだったんだ」

「忘れたな」

民吉は太いため息をついた。昔の話はしたくない、そんな気配が感じられた。

「しかしそれなら、七日前にあそこで殺しがあったのに気づかなかったのかい」

仙蔵は顎《あご》で大工町の河岸を指して民吉をちらと見た。

「休みの日だったんだ、俺がな……いつもは仙蔵さんも知ってる通り、もう一人いる相棒と橋番をしているんだが、あの日はずいぶん世話になった人の命日だったんだ。あとで殺しの話は聞いたんだが、北の同心が殺《や》られたんだってな」

「そうだ、あっしの旦那だ」

仙蔵は拳《こぶし》を握った。ふつふつとまた怒りが胸を覆い尽くす。

「そうだったのかい……で、殺った奴の見当はついてんだな」

「儀三っていう人殺しと、もう一人は天神の弥三郎じゃねえかと踏んでる」

「天神の、弥三郎……」

民吉の目が光った。

「知ってるのか」

「いや……」

民吉は立ち上がると、

「そろそろ交代で夕飯を食べなきゃならねえ。何か欲しいものがあれば言ってくれ」

引き返そうとしたその腕を仙蔵がつかんだ。仙蔵の目が一方に釘づけになっている。

「爺さん、おいらの頼みを聞いてもらえねえか。すまねえが、浄瑠璃《じょうるり》長屋までひとっ走りしてもらいてえ。青柳新八郎というお方に、仙蔵が頼むと言っている、そう言やあわかる」

民吉の返事を待つよりも早く、仙蔵は柾木稲荷を飛び出していた。

仙蔵の目は、くれなずむ橋の上を懐手に歩いていく儀三の姿をとらえていた。

仙蔵は気づかれぬように儀三の後ろをぴたりと尾けていく。

儀三は万年橋を渡ると御船蔵の前を通り南に向かった。清住町を抜け、松平陸《まつだいらむ》奥守《つのかみ》の下屋敷を抜けると、仙臺堀に架かる橋を渡った。

——今川町だ。

仙蔵の胸は高鳴った。

多聞が入り込んだ弥三郎の人足仕事で、六蔵という男から、儀三は大槻壮介という侍の妻子を捜しているのだと聞いている。

儀三が再び深川にやって来たという事は、捜している妻子の居場所の見当はつけているのだろう。

果たして儀三は、今川町の料理屋『加島屋《かしまや》』の前で立ち止まった。

六

加島屋は仙臺堀沿いにある、深川では知れた料理屋である。

黒塀が目立つ大きな店構えで、木戸門に暖簾《のれん》がかかっていた。暖簾のむこうには玄関に向かって敷石が延びていて、その敷石には打ち水がしてあった。そして、敷石の両脇には植え込みがあり、石灯籠《いしどうろう》がぼんやりと辺りに光を放っていて、趣のある優雅な景色を醸《かも》し出していた。

儀三は中には入らなかった。

黒塀に体をくっつけるようにして、じっと木戸門の奥を窺っていた。

仙蔵は、店の少し手前の天水桶《てんすいおけ》の陰に身を寄せた。

待つこと四半刻《しはんとき》、儀三が急に体を起こして木戸門に向かった。

仙蔵が息をつめて見ていると、儀三は客を送り出して来た女中を捕まえて、何か聞いているようだった。

女中は迷惑そうな様子だったが、儀三は女中の手に無理矢理何かを握らせると、二言三言言葉を交わし、女中が玄関の中に駆け込むと、また元の場所に戻って体をやもりのように黒い塀にくっつけた。

――長谷の旦那も、ここでこうして見張っていたのかもしれない。

そう思うと胸が熱くなった。

なにしろ仙蔵にとっては、生まれてこの方、まともな仕事、世間に顔向け出来る仕事といえば、十手を授かったこの仕事だけだ。

仙蔵は武者ぶるいが止まらなかった。

武者ぶるいをしながら死んだ長谷啓之進の顔を思い浮かべた。

長谷は、まだ未熟な独り身の同心だったが、心根の優しい青年で、過分な手当をくれたりして、仙蔵を恐縮させたものだ。

——そう言えば……。

仙蔵は思い出して苦笑した。

長谷啓之進には以前から好《す》いている同心の娘がいて、どうしても打ち明けられない。どうしたものかと仙蔵に泣きついてきたことがあった。

仙蔵は困った。

だがひそかにその泣きつきぶりをそのまま娘に伝えてみた。

すると娘は腹をよじって大笑いをし、笑いの発作がおさまると、

「そんな正直なお方だったのですか」

と急に熱にうかされたような目をしたのだ。

——こいつは脈がある。

仙蔵は嬉しくなって、機会をみて長谷に伝えてやろうと思っていたのだが、長谷はその話を聞くこともなく逝ってしまった。

さぞ無念だったに違いない。

長谷が殺された当日は、仙蔵は別の用事で長谷の供をしていない。

自分がついていれば、自分が殺されても旦那を逃がしてやれたかもしれない。そ

う考えると悔いはつきない。

薄闇に立つ儀三を仙蔵は一瞬たりとも脇見をしないで睨んでいる。

儀三が再び体を起こしたのは、店に来ていた客も去り、一人二人と通いの女中や仲居が出てきた時だった。

儀三は細面《ほそおもて》の色の白い女と、小太りした女の背後に着いた。二人はすぐ後ろから儀三がつけているとは気がつかないのか、楽しそうにしゃべりながら後ろも振り向かず、仙臺堀沿いを西に向かった。

しかし、松永橋を渡ったところで小太りの女は右に折れた。細面の女は一人になった。足を速めて堀端を行く。

この時だった。二人を尾けていた儀三は、細面の女めがけて走り出したのだ。

仙蔵も走った。だが、追いついた時には儀三は細面の女の腕をつかんで、女に何かを言い聞かせていた。

女が首を横に激しく振って抵抗を見せると、儀三は女の頰を空いてる片手で張り上げた。

「手を放しやがれ、儀三だな」

仙蔵は立ち止まると大声をあげて十手を引き抜いた。

儀三との間は二間《けん》はあるだろうか。細面の女は仙蔵の方を見て何か言いたげだったが、恐怖の余り言葉を失ったように口をぱくぱくするばかり。白い月の光が、一層女の顔を青くしている。

仙蔵は、じりっと一歩出て言った。

「大坂で人を殺し、この江戸でも町方の旦那を殺した極悪人儀三、お縄にする」

「ふん」

儀三は鼻で笑うと、懐から匕首を引き抜き女の喉元に当て、

「おめえこそ動くな。動けばこの女の喉を切るぜ。脅しじゃねえ。俺はおめえも言った通り人を殺している。一人殺しても二人殺しても一緒だからな」

仙蔵は言葉に詰まった。一歩も進めない。頭の中が混乱しはじめたその時、儀三が女の腕を引っ張って東に走り出した。

「ま、待て！」

追っかけた仙蔵は、すぐにたたらを踏んだ。

前方を行く儀三の前に、横手の路地から黒い影が現れた。影は、次の瞬間、儀三の腕から女を奪い取った。

「旦那、新八郎の旦那」

走り寄る仙蔵の視線の先で、儀三が背を丸めて新八郎に襲いかかるのが見えた。

だが次の瞬間、儀三は二間ほど飛ばされて塀に背中から激突して転げ落ちた。

すかさず追い討ちをかけようとした新八郎は、女がその場にへなへなとしゃがみこむのを見て走り寄った。

「お、おぼえていろ」

儀三は這《は》うようにして薄闇の中に消えた。

「新八郎の旦那、助かりやした」

仙蔵は走り寄ると、腰を落として女に聞いた。

「お尋ねしやす。もしや大槻壮介さまのお内儀でございやすか」

「………」

女は、朦朧《もうろう》とした顔を上げたが、

「もしもそうなら、正直におっしゃって下さいまし。あっしはあの男を張っていた仙蔵といいやす。そしてこちらの旦那は」

首をねじって見上げると、

「俺は青柳新八郎と申す。怪しい者ではない」

新八郎が言った。

女は答えなかった。新八郎を見上げる目には逡巡《しゆんじゆん》している様子が窺える。新八郎も仙蔵も女の返事を待った。

なにしろ女は、裏長屋に住む町人の形《なり》をしている。弥三郎たちが大槻の妻を捜していることはわかっていたが、人違いかもしれなかった。

「安心して下さい。俺は、野田玄哲が他家に養女にやった志野の夫です。そう言えばわかりますかな」

女の表情が動いた。そして、こっくりと頷くと、

「大槻の妻、織恵《おりえ》でございます」

織恵は小さな声だが、はきとした声で告げた。

新八郎は頷くと、織恵に手を差し伸べた。

「つかまって下さい。お送りします。俺たちがついていれば、もう襲われることはない」

織恵は、新八郎が差し出した手につかまって立ち上がり礼を述べると、

「夫から志野さまの話は聞いておりました。湯の家で玄哲先生がお亡くなりになり、この江戸に再び逃げ帰ってきた時のことです。志野さまの人生を狂わせてしまったと、夫は悔やんでおりました。私からもお詫び申します」

織恵は頭を下げたのである。

「お詫びなどと……大槻どのにもつい先日申し上げたが、あれは志野の意志でした。志野は、自分の出自がはっきりした事を感謝したに違いありません。まして病苦の父親を看取《みと》ることが出来、大槻どのには感謝しているはずです。むしろ、志野のためにかえって大槻どのを苦しめることになった事態を私はすまなく思っている」

「いいえ、夫は、ご夫婦を別れ別れにさせてしまいました」

「別れ別れは大槻どのとあなたも同じだ」

「………」

織恵は弱々しく首を横に振った。口辺には寂しげな笑みを浮かべている。

新八郎は、大きく息をつくと、歩き始めた織恵の横に並んだ。仙蔵は二人の後ろについた。

「先ほどの男だが」

新八郎は歩きながら聞く。

「あなたに何と言って近づいて来たのですか」

「夫の、壮介の居場所を吐《は》けと……」

「やはりそうか」

「あの男は、数日前から加島屋の表に立っていました。まさか私を見張っていたとは思いもしませんでした。皆薄気味悪がっていたんです」

「加島屋で働いているのですか」

「ええ、帳場の奥で帳面をつけています。こうしてつつがなく暮らしてこられたのは加島屋さんのお陰です」

　悪びれたところも、武家の妻だと気取ったところも織恵にはなかった。

「でもどうして私が加島屋で働いていることを知ったのでしょう」

　織恵は不安そうに呟いた。

「地獄耳だからな、奴らは。しばらく加島屋は休んだほうが良いな。ああいう人間はけっして諦《あきら》めぬ」

「何故いまだに夫を捜しているのでしょうか。一年前に夫に会った時には、もはや蘭学者をむやみに排斥《はいせき》しようという動きはお上にはなくなった。もうすぐ一緒に暮らせるようになると、そう申しておりましたのに」

　織恵は行く先の白い月の光が満ちる道を見て言った。

　明るく照らされているようでも、その道は何時《いつ》闇に暗転するかも分からない。昼間は家並みが見え、人の往来がある道も、今は静まりかえって冷たい風が吹き抜ける。

「織恵どのは天神の弥三郎の名を聞いたことがありますか」

新八郎は、前方に目を光らせながら織恵の横顔に言った。

「ええ」

織恵は俯《うつむ》いたまま頷いた。

「さっきの男は天神の弥三郎の食客だ。その恩を返すために弥三郎の手下となって大槻どのの住み家を探っているということだ。弥三郎はかつて壮介どのに傷を負わされて深い執念を持っている男だからな」

「………」

織恵は、新八郎の言葉を胸にたたみこむように聞いていた。だがやがて、顔を上げて言った。

「私、脅しになんてのりません。どんな卑怯《ひきょう》な手を使ってこようと、夫の居場所を報せたりは致しません。それを言ったらおしまいですもの」

挑《いど》むような声音だった。

——さすがは大槻壮介どのの妻女。

長い歳月をお尋ね者として師の玄哲に献身的に仕え、陰の世界を生きてきた大槻壮介と、それを支え続けた妻織恵の絆《きずな》は、新八郎にとってまばゆいばかりだ。ただ、織恵の女としての半生を考えると、新八郎は痛ましさを覚える。

だが、そんな気丈な織恵が、富田町の自身が住む裏長屋に入ると、突如顔色を変えて走り出した。

長屋の奥の家の前には赤々と灯が点《とも》り、長屋の住人と思われる人たちが集まっている。

新八郎も仙蔵と織恵の後ろから走った。

「ああ、織恵さん、娘さんが大変だよ。今ね、みんなで加島屋に報せなきゃって言ってたとこなんだ」

長屋の女が待ち受けていて織恵に告げた。

「何か早苗《さなえ》に？」

不安な顔で聞いた織恵に、

「十手を持った親分さんが来てさ。有無を言わさず連れていっちまったんですよ」

織恵は家の中に飛び込んだ。

新八郎も仙蔵と顔を見合わせると急いで中に入った。

「早苗……」

織恵が土間で茫然《ぼうぜん》と立ちつくす。

家の中には行灯はついていたが誰もいなかった。奥の畳の部屋には縫いかけの着物が無造作に広がっていた。そして、同じ部屋に置いてあったと思われる夕食の膳《ぜん》はひっくり返されてあたりに散乱し、枕屏《まくらびょう》風《ぶ》も倒れていた。

この部屋で異変があった事は一目でわかった。

「つい先ほどだよ。早苗ちゃんが連れていかれたのは。ほんのひとときしか経ってないんだ」

長屋の女は興奮した口調で告げた。

早苗の悲鳴を聞いて急いで路地に走り出ると、十手を持った男とその手下が、早苗の腕を両脇から抱えるようにして木戸に向かおうとしているところだったという。

「助けて！　誰か！」

早苗は連れ去られながら顔を後ろにねじって長屋の者たちに助けを求めて泣いていたというのだが、長屋の者たちには手も足も出なかったというのだった。

鋳掛《いか》け屋の松治《まつじ》が、何があったのか知らねえが勘弁してやってくれ、せめて母親が帰って来るまで待ってくれ、と縋《すが》るように頼んだらしいが、

「これはお上のご用だぜ。おめえもお縄にして欲しいのか」

十手を持った男は脅しをかけた。

長屋の者たちは黙って見ているしかなかったと言うのだった。

それでも数人の男たちが木戸まで追いかけて行ったのだが、十手の男は、待たせていた辻駕籠《つじかご》に早苗を押し込み、月明かりの道に消えていったというのであった。

「弥三郎に違いないな」

新八郎は、縫いかけの着物を手にして泣き崩れる織恵を見詰めながら呟いた。

「卑怯な奴らだ。十手をひけらかして人さらいとは、ゆるせねえ」

仙蔵は息巻いた。

「こうしちゃあいられねえ。旦那、あっしはひとっ走りして秋山の旦那に報せてお力を頂きやす。これは歴《れっき》とした拐《かどわ》かしだ。人さらいだ」

「仙蔵落ち着け」

新八郎が一喝した。そして織恵に聞いた。

「娘御の歳《とし》は……着ている着物も、出来るだけ詳しく仙蔵に伝えて下さい」

仙蔵は上がり框から織恵の返事を待っている。主とあおいだ長谷が殺されて一人になった仙蔵だ。織恵の言葉を待つ目は血走っていた。

「歳は十七です。着ている物は、黄色の地に細い赤の縦縞が入った紬《つむぎ》です」

「わかりやした。それじゃあ旦那、あとをお願えいたしやす」

腰を上げた仙蔵に新八郎は言った。

「仙蔵、秋山さまに報告したら、その足で美作国久世藩の下屋敷に走ってくれぬか。そこに大槻壮介どのが匿われている」

「いえ、夫には報せないで下さい」

即座に織恵が言った。

涙で目は濡《ぬ》れているが、きっと上げた織恵の顔には、強い拒絶の意が読めた。

「しかし……ことは娘御のこと、しかも誘拐されたのだ」

驚いて言う新八郎に、

「相手は、きっとそれが目的です。脅しに乗って夫の居場所を告げることは出来ません。それに、夫にわたくしたちの事で心配をかけたくありません」

織恵は、きっぱりと言った。

「織恵さん、奴らの事だ。お嬢さんの命にもしものことがあったらいけねえ」

仙蔵は困った顔で織恵を見詰めたが、織恵は唇を引き締めて黙っている。

仙蔵は仕方なく腰を上げ、そして新八郎を見た。新八郎が頷くと、十手を帯に深く差し入れて、仙蔵は勢いよく外に出て行った。

「織恵どの」

「ご心配いただいて申しわけありません。強情な女に思われるかも存じませんが、大槻の妻となったその時から、ずっと覚悟はしております」

「しかし、事は娘御のことだ」

「わかっております。でも、娘も、早苗も大槻壮介の娘だという自覚はあります」

「まだ十七歳、酷な話だ。あなたのようにはいくまい」

「おっしゃる通りです。この間まであの子は、大槻壮介の娘であることを呪っておりました。どうして一緒に暮らすことも許されない家族なんだろうと……」

織恵は、散らばった縫《い》いかけの着物をゆっくりとたたんだ。そうしてそれを、娘の早苗そのもののように愛《いと》しげに撫《な》でている。

「あの日を、私は忘れたことがございません……」

織恵は静かに語り始めた。

それは、早苗が十四の時だった。

土間に下りて戸締まりを確かめて横になろうと三和土《たたき》に下りた時、

「お、織恵……」

壮介が転がり込んで来た。

旅姿とはいえ、この時壮介は泥まみれだった。

「先生はお亡くなりになった。私はこれから久世藩にかくまってもらう。またしばらく会えないが早苗を頼む」

奥から出てきて、尾羽うち枯らした父親を睨んでいる早苗を壮介は見て言った。

すると早苗がつかつかと板の間まで出てきて言った。

「父上、いいえ、あなたは父上ではありません」

「早苗……何を言うのだ。お前の父だ。しばらく見ない間にずいぶん大きくなったではないか」

手を取ろうとした壮介の手を、早苗は邪険に払って睨んだ。

「無理もない、無理もないが今しばらくの辛抱だ」

「いつまでのことですか。母上は父上のことを立派な人だと言いました。でもどこが、どこが……もう来ないで、ここには来ないで下さい。私の父上はもういません」

早苗は背を向けて奥の部屋に駆け込んだ。布団に顔を当てて泣いていた。

織恵はせめて食事だけでも壮介に食べて貰おうと思ったのだが、壮介は草鞋《わらじ》も脱がずにまた外に出て行ったのだ。

早苗がおかしくなったのは翌日からだった。

漢詩の手習いにはいかなくなったし、織恵が仕事から帰って来てもまだ家に戻ってはいないという日がしばらく続いた。

そのうちに隣近所の長屋の者たちから、両国をふらふら歩いているのを見たとか、男と一緒だったとか言われるようになった。

ある晩のこと、織恵は早苗の帰りをじっと待った。

すると、崩れた女が立てるようななげやりな下駄の音をさせて早苗が帰って来た。

「ここにおすわりなさい」

織恵は厳しい顔で早苗に命じた。

早苗はしぶしぶ座った。

「恥を知りなさい！」

織恵は、いきなり早苗の頰を思い切り叩いた。

「何するの！」

反抗的な目で早苗は叫んだ。どんな説教も撥《は》ねつける、自分の子供ではないような冷めた挑戦的な目をしていた。

「父上の気持ちも知らないで……父上がどれほど苦難の中で過ごしているのかも知らないで……血を分けたおまえの父上は、たった一人だというのに……」

織恵の思い詰めた心は涙となってあふれ出た。

「………」

さすがの早苗も驚いたようだった。母の涙を久しぶりに見たからだった。

織恵が涙を見せたのは、これが二度目だった。

早苗が十歳の時、お腹《なか》が空《す》いて木戸の側で店を出している饅頭《まんじゆう》屋の品に思わず手を出し、それが見つかって饅頭一つを恵んでもらって帰って来た時だった。

「おまえは誰の子ですか。大槻壮介の娘ではないのですか。父上のご苦労をお前はなんと心得ているのか、母は哀しいです」

饅頭を膝に置いてうな垂れた早苗の顔を見ていると、織恵は涙を流さずにはいられなかったのだ。

夫が、信念に従って生きられるように、自分たちが足手まといにならないようにと、貧しい、心許《こころもと》ない暮らしを続けてきたことが、娘をこんな風にしてしまったのだと思うと、目の前の娘が痛々しかったのだ。

早苗もその時のことを思い出したらしく、織恵に向けていた反抗的な目に戸惑いが見えた。

織恵は、この時を見計らって、それまで話してなかった父壮介の苦衷《くちゅう》を綿々と話してやった。

「青柳さま……早苗の態度が変わったのはそのころからです。今ではこうして家計を助けてくれるようにまでなったのですが」

新八郎は織恵が膝の上でなでている縫いかけの着物に目をやった。それが家計を助けるために早苗が縫っていたものに違いなかった。

「娘さんを連れ去ったのは壮介どのを呼び出すために違いない。すぐに危害を加えることはしないはずだ。それに」

新八郎は、織恵の不安をとりのぞくように静かに言った。

「娘さんが脅されて、たとえ壮介どのが久世藩に世話になっていると漏らしたとしても、それならそれで好都合というものだ。久世藩は今や公然と弥三郎に立ちはだかってくれるかもしれぬ」

だがその時だった。何かが障子を破って飛び込んできた。

振り向くと、三和土に投げ文のような物が落ちている。

新八郎は拾い上げて、石ころを包んでいる紙を広げた。

娘は預かった。大槻壮介の身と引き替える。明後日暮れ六ツ、本所一ツ目橋、弁財天前河岸地。大槻が来なければ娘の命はない。

それは脅迫状だった。

新八郎から手渡された織恵は、一読すると茫然としてその場に座りこんだ。

七

徒目付山崎十五郎の屋敷は、御徒町通りに面した所にあった。

この辺りは板塀に板屋根の木戸門が続く下級武士の屋敷が両脇に続いているが、山崎の屋敷の庭には何本も柿の木が植わっているとみえ、塀の外からたわわに実った柿の実が見えた。

野田玄哲に縁のある者だと出てきた下男に告げると、下男はいったん新八郎を門前に待たせて中に入ったが、すぐに出てきて屋敷の中に案内された。

屋敷地はおよそ二百坪はあると思われるが、建物は質素な構えだった。

新八郎は庭の見える座敷に案内された。

先ほどの下男がお茶を運んで来たが、すぐに着流しの山崎十五郎が現れた。

「青柳新八郎と申す」

向かい合って座った男に新八郎は名を告げた。

「山崎十五郎です。はて、野田玄哲と縁がある、とお聞きしたが……」

山崎は探るような視線を投げてきた。

鋭い目を持った男だった。色も黒く、骨太だった。常々鍛えているのか体が締まっているのがわかった。歳は四十半ばに見えた。

「湯の家で玄哲を看病していたのは、私の妻でした」

「何……」

「妻はいま行方知れずです」

「ふむ」

十五郎は苦々しい顔をしてみせた。

「妻だけではない。大槻壮介どのもいまだに息を潜めて暮らしている」

「何を言いたいのか知らぬが、あの事はもう終わったことだ」

「つまり、探索はもうしていないと」

「そうだ、状況が変わった」

じろりと新八郎を見た。

「野田玄哲が亡くなったことか」

十五郎は苦笑して新八郎の顔を見た。

「初対面の貴公に話す筋合いはない。お上の意向だ」

十五郎はそう言うと、

「お帰りだ！」

玄関の方に声を投げて自身も膝を起こした。

「お待ち下さい！」

新八郎が止めの声を発した。険しい声だった。

膝を立てたままの十五郎に言い放った。

「お上の意向だ……それだけで貴殿はかたづけたいようだが、先にも申した通り、私の妻は、私の元から出奔《しゅっぽん》したまま幕吏《ばくり》の目を恐れて失踪したままだ。大槻壮介どのも同じく、妻子と別れ別れで人目をはばかる暮らしを余儀なくされている。そうして多くの人の人生を狂わせておいて、お上の意向だ、そのひとことですまされるおつもりか」

「……………」

十五郎は、顔をそむけて、庭を眺めているようだった。しかしその目は、いずれかに焦点を当てているようには見えない。そんな話は聞きたくもない。座を立つ機会を逡巡しているようだった。

新八郎はたたみかけた。

「しかも、昔貴殿が手下として使っていた天神の弥三郎は、十手の威光をひけらかし、大槻壮介どのの娘御を連れ去り、妻女に脅迫の文まで送りつけている」

「待て」

十五郎が新八郎に顔を向けた。膝を戻して初めて新八郎の目をまともに見て来た。

「おぬしが今言った話はまことか」

「調べてみればすぐにわかる。俺はその事がなければここに来ることはない」

「……………」

「弥三郎は昔取り逃がした大槻壮介を捕まえて突き出そうとしているのだろう」

「馬鹿な……」

「奴の性格は、奴を手下にしたおぬしが一番良く知っている筈だ」

「……しかし何故だ」

「奴は当時、大槻どのから刀傷を受けた。それを恨んでのことだ」

「弥三郎め、何を血迷っている……いや、先ほど申したが、あの時とは今は事情が違ってきている。ご時世が変わったのだ。上様が側室に産ませた御子が疱瘡《ほうそう》で亡くなられてな。疱瘡から幼い子の命を救うためには種痘《しゅとう》を広く行い予防することだと上様は気づかれた。それには蘭方医の協力がいる」

「なるほどそれで風向きが変わったという訳か。ならばなおさら、弥三郎のしている事はお上の意向に反することだ」

十五郎は舌打ちした。口を曲げて腕を組んで考えている。

新八郎は言葉を続けた。

「しかも弥三郎は、手下に儀三という人殺しを使い、その男は北町の同心まで殺している。このまま弥三郎を放っておけば、山崎どの、あなたの責も問われることになる」

「…………」

山崎の顔に一瞬だが動揺が走った。大きく息を吸い上げると怒りの声で聞いた。

「詳しい話を聞かせてくれ」

つい先刻までは竪川《たて》を往来する船もひっきりなしのあわただしさだったのに、西の空に日の光を残すばかりとなる頃には、船も人も行き交うのはまばらとなった。織恵を伴って河岸に立つ新八郎の足下には黒い影が伸び、辺りを薄墨色に染め上げるのもまもなくの事だと思った。

織恵は、あれから短い言葉しか発しなくなった。不安と心配で胸の内は混乱をきたしているに違いないのだが、ここに来る直前まで夫にこの事態を知らせることを拒んだ。

「あなたが、壮介どのの身を案じているように、壮介どのもあなたたち母娘《おやこ》のことは案じている。知らせるのが家族ではないか。何もかも一人で抱え込むことを果たして壮介どのが喜ぶだろうか」

新八郎が説得を続け、織恵はようやく頷いたのだ。

そこで新八郎は急いで手紙をしたためた。その手紙を、織恵が住む長屋の家主に持たせて久世藩の下屋敷に走らせたのだった。

とはいえ、約束の刻限に壮介が来られるとは限らない。

新八郎は頬を隠した頭巾《ずきん》を被《かぶ》って織恵に同道し、大槻壮介を装っている。

「青柳さま」

緊張した織恵が声をかけてきた。

大川を下ってきた屋根船が一ツ目橋を入って来て、二人が立っている近くに船を寄せてきたのである。

「良いですかな、手筈通りに……」

新八郎の言葉に、織恵は屋根船を睨みながら頷いた。

まず船から浪人者が下りた。

——多聞……。

そうか多聞が加わっているのかと頼もしく思って見ていると、続いて十手を持った弥三郎が下りてきた。

そして、後ろ手に縛られた早苗が下ろされ、その綱を持った儀三がぴょんと飛んで岸に下り立った。

「母上……」

早苗が母の姿を認めて呼んだ。

その時、六ツの鐘が鳴り始めた。

弥三郎が何か叫んだ。鐘の音に消されてはっきりとはわからなかったが、早苗の綱を持った儀三が、多聞に援護されながら、早苗の背を速く歩けとばかりに突き飛ばして数歩歩いて来た。

「大槻壮介だな」

弥三郎は、多聞たちの後ろから叫んだ。

新八郎たちとは五間ほどの距離があった。

人相を確認することは無理だろう。新八郎は頷いてみせた。

「おい、大槻とやら、お前がこちらに来てお縄を頂戴しろ。そしたらこの娘は返すぞ」

指で偉そうにこちらを指して叫んでいるのは多聞だった。

多聞には、自分が壮介の身代わりになって行く事は話してある。

但《ただ》しその時多聞は、娘の姿など見ていないし、そんな話も聞いていないと言っていたのに、なんと用心棒としてやって来たのには新八郎の方が驚いている。

「それは出来ぬな。娘を放してくれたらそちらに行く」

新八郎は言い返した。

それを聞いた多聞は、振り返って弥三郎に近づいて手を差し出した。

「おい、俺がやっている事は、どうやら後ろに手が回るような事だと言っているぞ。人足の監視とは訳が違う。仕事料を先に貰っておこうか」

「なんです、旦那」

「何……」

目を剝《む》いた仰天の弥三郎に、

「嫌なら俺は下りるぜ」

多聞は睨んだ。

「わ、わかった。いくらだ」

「その懐にある財布を貸しな」

弥三郎はじりじりする気持ちを抑えて多聞に懐の財布を渡した。

「ほう、入ってる、入ってる」

財布の中を手探りする多聞に、新八郎の声が飛んできた。

「何をしている。どうするのだ！」

「少し待て！……うるせえぞ！」

多聞はわざとぞんざいな言い方で声をあげると、財布から取り出した小判を五枚数えて自分の財布に入れ、残りを弥三郎に返して、

「いいか、これから娘をむこうに連れて行く。そして奴の首をしょっぴいて来る」

と弥三郎に言い聞かせ、

「おい、大槻壮介だったな。両方で意地を張っていても仕方あるまい。こっちが娘をそこまで連れて行く。お前たちも歩いて来るんだ！」

「わかった」

新八郎の返事で、互いに中程に向かって進んだ。

「母上！」

多聞の手から放された早苗が織恵のふところに飛びこんだ。

多聞はその手で新八郎の腕をねじ上げると、弥三郎の方に向かった。

そして頭巾のままの新八郎の顔を弥三郎にねじ向けた。弥三郎が頭巾のままの新八郎の目をくいいるように覗きこんでから言った。

「だ、だれでえ。大槻じゃあねえ。騙《だま》したな」

新八郎の目を見ただけで、弥三郎は身代わりだと見破ったのだ。

「さすがは弥三郎だ」

新八郎は頭巾を取った。

「俺は、野田玄哲の娘婿《むすめむこ》だ。そしてお前が儀三に命じて殺した同心長谷啓之進の友人だ」

「な、なんだって」

「お前を奉行所に突き出す」

「そうはさせるものか。儀三！」

その声に、儀三が逃げていく織恵と早苗を追って走り出した。

だが、多聞の小柄《こづか》が儀三の脚に突き刺さった。儀三は薄闇の中に転げ落ちた。多聞が近づいて持っていた縄で儀三を後ろ手に縛った。

「くそっ」

弥三郎は踵《きびす》を返すと船に飛び乗った。

新八郎も飛び乗ろうとしたが、弥三郎の匕首が新八郎の胸を狙って来た。右に左に新八郎に刃を振るいながら、

「船を出せ！　早くしろ！」

弥三郎が船頭に怒鳴る。

新八郎はそうはさせまいと船の縁に手を掛けた。だが、石ころに足もとをとられてぐらりとよろめいた。

その刹那《せつな》、船はぐらりと岸辺を離れて流れに乗った。

——しまった。

新八郎は舌打ちしたが、その視線の先に飛び込んで来たのは、舳先《へさき》に『ご用』の提灯《ちょうちん》をつけた奉行所の捕り方の船だった。

船は二艘《そう》、弥三郎の乗る屋根船の前に立ちはだかった。

「弥三郎、悪事の数々私が知らぬと思ってか」

ご用船の上から叫んだのは、山崎十五郎だった。側に立っているのは顔を昂揚させた仙蔵だった。

「だ、旦那」

弥三郎は縋るような声を出したが、山崎は容赦なく言いはなった。

「大人しく町方の縄に打たれろ。さもなくば、俺がたたっ斬る」

山崎は大刀を抜いてみせた。

弥三郎がへなへなと船の中に膝をつくのが見えた。

「おい、新八郎」

後ろで多聞の声がして振り返ると、大槻壮介が走って来るのが見えた。

「父上……」

早苗が壮介の胸に飛び込んだ。

「あなた」

織恵も走り寄る。

三人は手を取り合って泣いているようだった。

新八郎は多聞と一ツ目橋の上に出た。

ふと先ほどいた河岸を見下ろすと、月明かりの中で壮介がこちらに深々と頭を下げていた。

多聞が新八郎の長屋にやって来たのは翌日の夕刻のことだった。

晩飯を作ろうとしたが米がきれて途方にくれていたところだった。

「おい、借りた金を返す」

多聞は三両の金を上がり框に置いた。

驚いて見返した新八郎に、多聞は言った。

「遠慮するな。利子もちゃんとつけておるぞ。いっとくが、偽金じゃないからな」

「これは弥三郎から取り上げた金ではないのか」

「そうだが何か文句はあるか。正当な仕事料だ。汚い手をつかって奴が集めた金の

一部だが、だからといって遠慮することはない。どうせ奴はもう娑婆《しゃば》には帰っては

こぬ」

「そうか……それもそうだな。いただくか。実をいうと米も味噌《みそ》もきれていたのだ」

新八郎は三両を懐に入れた。だがふと、

「しかし、いいのか、おぬしの妻女のことだ、良くなったのか」

「すまんすまん、それが仮病だったのだ」

「何……」

「俺が稼ぎの悪いのを勘違いしてな。外に女がいるんじゃないかと……それで医者まで味方につけて俺を騙したのだ。お陰で俺はへそくりまで巻き上げられた」

「おぬし、本当に勘違いなのか」

きっと新八郎が睨むと、

「まあ、いいじゃないか。じゃあな」

多聞は逃げるようにして帰って行った。

とにかくこれでしばらく食えるとほっとしたが、新八郎の胸には大槻親子の今後のことが案じられた。

壮介を追う者はもういない。壮介は織恵と早苗のいる長屋に戻って来るのだろうが、志野が見つかるまでは望まれても仕官はしないだろう。

大槻壮介と妻子のためにも、一刻も早く志野の消息をつかまねばならない。

大槻壮介やその妻子の進む道も、自分と志野のこの先も、まだ月の道を歩むがごとくおぼろなものだが、その道にいつか日の光が注ぐことを新八郎は信じている。

「まずは腹ごしらえだ」

新八郎は独りごちて台所に立った。

# 第二話　冬蛍

## 一

浅草寺《せんそうじ》を出て来た新八郎と仙蔵は、広小路沿いにある東仲町の蕎麦屋ののれんをくぐった。

「蕎麦《そば》をくれ、二人前だ」

「旦那《だんな》、すいませんね。ごちになりやす」

仙蔵はぺこりと頭を下げた。

「何を言うか、礼を言うのはこっちだ。存分に食ってくれ。酒が欲しければ頼むぞ」

「とんでもねえ、この江戸には数え切れねえほどの寺や神社がありやす。志野さま捜しは始まったばかりです。蕎麦を食ったら東本願寺《ひがしほんがんじ》の方に回ってみやしょう」

仙蔵は悶っ引然として言った。以前の仙蔵とは思えぬ落ち着いた口ぶりである。

仙蔵は旦那の長谷啓之進が殺されて主を失ったが、今は与力の秋山鉄之助直属の手下となって十手を授かっている。仙蔵にとっては思いがけない出世にありついたといったところで、その日暮らしの、職を転々とした頃に比べると別人のように見える。

その仙蔵が志野捜しを手伝うと言ってくれたので、今朝から二人はまず王子稲荷に行き、そして浅草寺にやって来たのだった。

大槻壮介から聞いた話で、志野の母美也が、野田玄哲に破門された平井鹿之助と王子稲荷の境内で、今も団子を売っているかもしれないという望みを持ったが、団子屋の店は出ているには出ていたが、美也と鹿之助の姿はなかった。

参道沿いに並ぶ店は噂にたがわぬ賑わいぶりをみせていたが、出店の誰に聞いてみても、皆首を横に振って美也と鹿之助なる者は知らないと言ったのだ。

出店商いをする者は元締という者が束ねている。そこでその元締にも会って聞いてみたのだが、

「出入りがめまぐるしくて……それに何しろ二十年以上も前のこととなると親父の

代の話で……」

と首を横に振ったのである。

いや、一人だけ、境内の片隅で長い間鳥籠《とりかご》を売っているという爺さんが、美也と鹿之助のことを覚えていた。

その爺さんの話によれば、夫婦者の団子屋の店があったのはあったが、ある日ぷっつり来なくなった。

いつだったか浅草寺の方で団子を売ってるとよくここに来るなじみの客に聞いたことがあるが、今頃何処でどうしているのやらわからないと言うのであった。

それで浅草寺に回ってきたのだが、やはりそれらしい団子屋は見当たらなかった。

もっとも今も団子屋をやっているとして、母の美也は五十前後の筈《はず》だし、相手の鹿之助も四十半ば、当時を知っている者でも、歳月を重ねた二人を見定めることはむずかしいかもしれない。

まして新八郎は、一度も会ったことのない義母だ。志野が母に似ていればと思うものの、それも定かではない。雲をつかむような話だった。

「旦那、いただきますぜ」

仙蔵が蕎麦に手をつけるのを見て、新八郎も箸《はし》を取ったが、その手が止まった。

なにげなく見た窓の外の広小路に、気になる母子を見たからだった。

母親は志野と変わらない歳頃のようだが、路傍に筵《むしろ》を敷き、その上に台を置いてお手玉や紙人形を並べて売っていた。お手玉は綺麗《きれい》な端布《はぎれ》を使ったもので、紙人形も美しい千代紙で作られているようだった。

子供たちや若い女の子たちが、店の前に立ち止まって色々と母親に尋ねているのだが、その応対を見るかぎり、身なりは町人だが武家の出の女だろうと新八郎は見た。

そして、その側で六、七歳の息子が竹籠の中の黒い小鳥に、

「クロ、クロ」

と呼びかけて遊んでいるが、けっして母親の商いの邪魔にはならぬよう、一人遊びをしているのがいじらしく見えた。

よく見ると鳥はカラスのようだ。客の中には、珍しがって近づいて籠を覗《のぞ》くが、

「ひぇ、か、からす」

びっくりして、忌《い》み物でも見たような顔をして立ち去る者もいる。

しかし男の子は、気にする風ではなかった。籠に顔をくっつけたり、指で籠の籤《ひご》を叩《たた》いてカラスに合図を送ったりと、まるで友達か兄弟に接しているように見えた。

──クロか……。

新八郎の脳裏に、懐かしい記憶が甦《よみがえ》った。

それは志野がいて、一子千太郎が五歳になったばかりの頃だった。

千太郎は『クロ』という駄犬を可愛がっていた。見目形のいい犬ではない。

クロは、火事で全員が焼け死んだ近くの商家の生き残りで、まだ余燼《よじん》もくすぶる生々しい焼け跡に、どこからか這《は》い出たものの、力尽きて息も絶え絶えに横たわっていた子犬だった。

通りがかりの者も顔を背《そむ》けて通るほど全身に火傷《やけど》を負って醜くただれた子犬を、たまたま通りかかった志野と千太郎が抱いて帰ってきたものである。

黒毛の犬といえばそうなのだが、ひきつれた皮膚が背中に二箇所丸見えで、千太郎は熱心に手当をした。

ところがこの事が、新八郎の母の怒りを買った。

「疫病神を拾って来て、千太郎に何かあったらどうするつもりですか」

志野を責めたが、志野は姑に詫びながらも従わなかった。千太郎の気持ちを大切にしてやりたいと思ったようだ。

結局新八郎が、折を見て自分が処分するつもりだから、今しばらく許して欲しいと母を説き伏せ、その時はそれでおさまった。

だが、まもなく千太郎が川の事故で命を落とし、嫁姑の亀裂は決定的なものとなったのだった。

それみた事か、あんな縁起でもないものを拾ってきて私のいうことに従わないからこんな不幸が起こる。大体江戸育ちのわがままな嫁のために、青柳家はめちゃめちゃだと憤る母親を、新八郎はたしなめることも、志野をかばうこともおろそかにした。

新八郎のなかに、母親としての配慮がもう少し志野にあれば、こんな悲劇はおきなかったかもしれないと、志野を責める気持ちがどこかで働いていたことを否定できない。

一番辛《つら》いのは志野に違いないのに、そこまで思いやるゆとりが新八郎にはなかった。

そんなある深夜、志野の姿がないことに気付いて外に出てみると、裏木戸の椿の木の下で志野が屈《かが》みこんでクロに語りかけていた。

「クロ……クロ、どうしたらいい?」

志野がクロの首を抱えこむようにして泣いているのが分かった。

するとクロも甘えた声で何度も鳴いていた。

その時の志野の寂しげな背中を、新八郎は垣間見ている。

翌日クロは、責任を感じたかのように忽然《こつぜん》と青柳家から姿を消したのだった。

——夫として、もっと庇《かば》ってやれる事が出来た筈だ……。

思い出すたびに胸が痛む。志野が恋しかった。

「旦那、食べないんですかい」

仙蔵の声に我に返った。

「いや」

新八郎は箸をとったが、二、三度蕎麦をすくい上げたところで、

「旦那、大変だ、あれ見て下さい」

仙蔵が外を見るように促した。その視線の先で、あの母親と息子がやくざな男たちに囲まれていた。先ほどまでいた客は追い払われたのか、遠くで恐る恐る見守っている。

「誰に断ってここで商いしてるんだ、んっ……。それによ、なんだ？　カラスじゃねえのか、これは。みんな嫌がってるんだぜ、縁起でもねえものを持ち込んでるっ

てな」

もみあげがもじゃもじゃの男が、さも界隈《かいわい》の苦情を代弁しているかのように辺りを見ろというように手を広げている。因縁をつけているのだった。

「申しわけございません。怪我《けが》をしていたものですから、この子が可愛そうだと言って」

「うるせえ！」

別の男が、品物を置いていた台をひっくり返した。

「おやめ下さい」

母親は立ち上がった。息子は籠を抱えて震えている。

もみあげの男が、母親を睨《にら》み、子供を睨みつけて怒鳴った。

「いいか、よく聞きな。この辺りのカラスは人慣れして被害が出てるんだ。怪我したカラスを世話するなんてとんでもねえ。こっちへよこしな、ひと思いに殺してやるから」

籠を取り上げようとした男の手に、少年が歯を剝《む》きだしてかぶりついた。

「あいてて、いてて。この野郎！」

男は少年をはり倒した。少年は筵の外にふっ飛んだ。

「貢《みつぐ》！」

母親が少年に走り寄る。だがその母親の襟足に男は手をかけた。

「待て」

怒りの声がした。刹那《せつな》、男の腕はねじ上げられていた。

「だ、誰だい」

男が顔をねじって見た者は、新八郎だった。仙蔵は懐から十手を引き抜いて、他の三人に突きつけている。

「誰でもいい。許せん」

新八郎は怒りの鉄拳《てっけん》を男の頬《ほお》に食らわすと、男は二間ほど先まで転げて新八郎を見た。怯《おび》えが顔に表れている。

「だ、旦那、そりゃあないでしょうが」

男は卑屈な笑いを浮かべて言った。

「二度とこの人たちに危害を加えてみろ。俺が許さん」

男たちは這々《ほうほう》の体《てい》で去って行った。

「しっかりしろ」

意識も朦朧《もうろう》とした少年を抱き上げて新八郎は言った。

「仙蔵、この子を背負ってくれ。送って行く」

二

医者は、貢という少年の脈を診て、額に手を当てると顔を曇らせた。

一同は固唾《かたず》を呑んで見守っている。特に母親は心も潰《つぶ》れんほどの案じようで、医者の手元や顔を注視している。

医者は次に、着物を剝《は》いで打ち傷擦《す》り傷がないか確かめて後、貢から体を起こして黙って金だらいで手を洗った。

浅草寺に近い三軒町の裏店《うらだな》の、手芸の材料が部屋の隅に無造作に寄せて置いてある六畳一間の母子の家である。

女は那津《なつ》といった。そして、小さな息をついて眠っているのは、子息で貢という名だと言った。

「先生、どうなんですかい。大事ないんでございやすね」

あんまり医者が何も言わないものだから、しびれを切らした仙蔵が医者の顔を覗くようにして言った。

「ふむ、まあ命にどうこうと言うことではないが、熱が出ているな。おそらく、あまり恐ろしい目に遭ったためと思われるが、薬を飲めば治ります。傷は打ち身が少しあるが、たいした事はない」

その言葉を聞いて、那津はほっとした表情を見せた。

なにしろ長屋に貢を運んだものの、かかりつけの医者は梅庵《ばいあん》という者だが薬礼が滞っているから診て貰えないなどと那津が言い出したのだ。

「何を言ってるんだ、命に関わることじゃねえか。よおし、あっしがかけ合ってやる」

仙蔵は長屋を飛び出し、隣町の梅庵という医者の元に走った。

そして往診をしぶる梅庵に、

「十手持ちが責任を持つと言っているんだ。あっしは、北町奉行所与力秋山鉄之助さまから十手を授かっている仙蔵だ。その俺を信用できねえたあ言わせねえぜ」

などと少々芝居がかった台詞《せりふ》で脅し、梅庵を有無をいわさず連れて来たのだった。

さすがの梅庵も渋々仙蔵に従ってやってきたのだが、またぞろ、これまで滞っている薬礼の事が気になった様子だった。

「じゃあ先生、薬を調合してやってくれ」

仙蔵が言うのに、

「しかし、これまでの分もありますから」

「馬鹿言ってるんじゃねえぜ、先生よ。これまでの薬礼は、一両日の間にあっしが耳を揃《そろ》えて払ってやらあ」

ついまた大きなことを言ってしまった。その念押しか、

「約束は守っていただきますよ」

医師の梅庵は仙蔵に言い、薬箱から薬包紙を取り出すと、常備していた薬を包んで那津に渡した。

「ちぇっ、気にくわねえ医者だ」

梅庵を送って那津が表に出て行くと、仙蔵は舌打ちしてみせたが、

「おい、ずいぶんと風呂敷を広げたようだが、大丈夫なのか」

新八郎が聞いた。

「金は天下のまわりものだ。とはいうものの、旦那、三両近く滞っているようなんで、いざという時には旦那にもおねげえしなくては」

「そんな事だろうと思ったぞ」

呆《あき》れてみせたが、戻ってきた那津に、

「ならず者から助けていただいたばかりか、行きずりの私たちのためにお医者さままで説得していただいて申しわけございません」

深々と頭を下げられると、なぜ武家の妻がこのような窮した暮らしをしているのかと、志野と姿が重なって胸が痛む。

顔を上げて新八郎と仙蔵を見た那津の目は、涙ぐんでいた。

「つかぬ事を尋ねるが、ここには二人で住んでいられるのか」

新八郎は聞いた。

部屋の中に男の気配がなかったからだ。

「はい、この子と二人です」

寂しげな影が那津の頬に映った。

「そうか、ご亭主は……」

「不在です」

呟くように言った。だがすぐに付け加えた。

「いつここに戻ってくるかわかりません。夫は矢越総一郎《やごしそういちろう》と申しますが、浪人です。いろいろと訳がありまして……」

那津はそこで口を噤《つぐ》んだ。それ以上は話したくない、そんな風に受け取れた。

新八郎と仙蔵はまもなく長屋を出た。

「それにしても薬礼三両とは、よく溜《た》めたものだな」

歩きながら新八郎が呟《つぶや》くと、

「旦那、どうぞご安心を。さっきは旦那にもお恵みを、なんて言いやしたが、今思い出しましたよ。あのならず者たちですよ。どこかで見たと思ったら、間違いねえ、薬礼の三両、やつらからぶん取ってやりますよ」

「おいおい、お前は十手持ちだぞ」

新八郎は、にやにやしている仙蔵の横顔に言った。


その頃、多聞は神田川に架かる柳橋の北方、茅町二丁目の三味線師匠の家でおひでの話を聞いていた。

口入れ屋から用心棒としてやって来たのだが、おひでは体全体から色気を醸《かも》し出しているような女で、多聞はおひでの雰囲気に圧倒されていた。

「出かけるのは三日に一度ぐらいですがね。どうやら尾《つ》けられているようなんです。それで用心棒をお願いしたのです」

右の口角に黒子《ほくろ》のあるおひでは、真っ赤な唇をなまめかしく動かして多聞に言った。

「なるほど、それはけしからん話だな」

色気でたじたじの多聞だが、むろんそんな心の中の動揺は隠して、もっともらしい返事をする。

「そこのね、この仕舞屋《しもたや》の続きの角に煮売りのお店があるでしょう。あそこの女将《おかみ》さんが、妙な浪人があたしの事を聞き回っていたって言うんですよ」

「なるほど、なるほど」

「別に探られて痛い腹ではございませんけど、薄気味悪くってかないませんよ」

「すると、おひでさんにはまったく身に覚えがないと、こういう事だな」

「ええ、それで困ってますのさ」

「ううむ」

多聞は腕を組んで考える様子を見せて、

「ここに来る弟子に男は……」

「ほとんど男の方ですね。お店のご主人、御武家もいます」

「それかもしれんな」

「えっ」

「なにしろおひでさんは色っぽい、男は放ってはおかぬ」

「まあ」

おひでは嬉しそうに笑うと、

「そういう訳でございますから、一回の外出に一分、そいつをとっちめてくれた時には一両、仕事料はそういう事でいかがでしょうか」

ねばっこい目で多聞を見た。

「承知した。任せておけ。どこのどいつであろうと、指一本ふれさせせぬ」

「まあ、頼もしいこと。私、頼もしい人大好きです」

おひでは膝を寄せてきて多聞の手を取った。

「お、おひでさん」

おひでの柔らかい手が脳裏にこびりついたまま、多聞はおひでの供をして外に出た。

「あたしの後ろから離れてついて来て下さいな」

「では、もしもの時には手筈通りにな」

「わかってますよ」

家の外に出ると先ほどの色目はどこへやら、多聞を後ろに従えて腰をふって歩いていく。またその腰の振り方のいやらしいこと、多聞はつい腰にばかり目が行くので困った。

おひでは柳橋を渡ると馬喰町《ばくろちょう》の通りを西に向かった。

多聞は、おひでとは二間ほど空けて歩き、おひでの用心棒とは気づかれぬ距離をとった。

まもなく神田堀にさしかかろうという時である。

多聞はおひでとの間に割りこんできた不審な浪人者に気づいていた。

多聞は指笛を鳴らした。

行き交う人たちは一斉に指笛の主を捜して辺りを見回したが、誰もそれが多聞とは気づかず、前を行く浪人も気にした様子はなかった。

多聞は、おひでが横手の路地に走り込むのを見た。すると浪人が後を追って足早に路地の角を曲がった。

多聞も足を速めて路地に入る角に立った。

前方で浪人が立ち止まって見渡している。明らかに見失ったおひでを捜しているようである。

「何を捜している」

足早に近づいた多聞は聞いた。

「……！」

浪人はきっと多聞を見返した。手を柄に当ててはいるが、顔には戸惑いが見られる。

歳は三十前後、痩《や》せた男で、目尻が少しつり上がってみえたが、疲れた頬に憂《うれ》いが漂っていた。

「女を尾けてきたろう。名を名乗れ」

多聞が近づくと、浪人はいきなり刀を抜いて飛びかかって来た。

多聞は、その一刀を跳ね返した。

相対して睨み合った。男は正眼に構えているが、肩に力が入りすぎて固まっている。

「かかって来い。来なければこちらから行くぞ」

多聞の挑発に、男はしゃにむになって突いて来た。

多聞は難なく払いのけると男の小手を打った。確かな手応えとともに、落ちた刀が固い路面に派手な音をたてた。

すかさず多聞は踏み込んで男の腕をねじ上げていた。この男は、刀は差しているが剣の腕のつたなさは隠しようもない。

　――ようしそうなら。

　ぐいともう一度ねじ上げると、

「た、頼む。放してくれ。目をつむっていてくれ」

　その場にへたりこんで手を合わせた。なんとも哀れに思った多聞は、捻《ひね》っていた腕の力を緩《ゆる》めて言った。

「情けない事を言う男だ。それでも侍のはしくれか。訳によっては見逃さんでもないが、こっちもあんたは大事なメシのタネだ。はいそうですかと許すわけにはいかぬ」

「メシのタネ……」

　腕を取られたまま、浪人は上目遣いに聞いてきた。

「そうだ、あんたをぐうの音《ね》も出ぬほど痛めつければ、俺はあの女に一両貰《もら》えることになっとるのだ」

「い、一両」

「だから、やすやすと目をつむる訳にはいかんのだ。さあ、なぜ、あの女をつけ回しているのか訳を言え」

「………」

「俺も事情によっては一両の手当は忘れてもいいぞ。本音を言うとな、久しぶりに妻子に大きな顔が出来ると思っていたのだ。未練は大いにあるがな……」

本音も並べて言い、促すと、

「暮らしにかかわるとは、あなたも私と同じ浪人……」

今更だが、多聞の身なりに気付いて、貧乏暮らしの仲間だと悟ったか、

「こ、これで勘弁願えませんか」

男は懐から財布を取り出して見せた。

多聞は思わず声を出して笑った。

「わかった。そいつで一杯やろう。一杯やりながら、じっくり話を聞かせてくれ」

三

「矢越総一郎だったな、俺は八雲多聞という。はっはっ、互いに明日をも知れぬ貧乏浪人。昨日今日会ったような気がせんな。はっはっ。まずは一杯、遠慮はいらぬぞ」

多聞は上機嫌で男の盃に酒を満たし、自分の盃にもたっぷりと注いだ。

台の上には矢越総一郎が差し出した財布が、どんと置いてある。もっとも膨れているのは小銭のせいで、多聞もそんな事は承知の上だが、人の金で酒を飲むほどうまいものはない。

酒を酌《く》み交わせば即旧知の仲のようになるのが多聞のいいところで、おひでの用心棒という事も、すっかり頭の中から飛んでいってしまっていた。

「それにしても、おぬし、剣術の方はからきしだな」

「はあ、まあ、道場に通ったのは通ったのですが、身につかなかった」

「ふむ、その腕で人を尾け回すとは、どういう了見だ……用心棒が俺だったから良かったものの、他の者だったら、今頃おぬしは三途《さんず》の川だ」

「………」

「訳を話せ。おぬし、誰かにあの女を尾けるように頼まれたな」

盃に銚子を傾けながら、ちらと目だけ総一郎に向けて言った。

「いや、頼まれた訳ではない」

「嘘《うそ》をつくな。誰にも言わぬから本当の事を申せ。なにしろおひでという女は、めっぽう色気のある女だ。俺だってもう少し長居をしていれば、むしゃぶりついていたかもしれぬよ」

にやにやして総一郎を見た。

だが総一郎は硬い表情をしたままため息をつく。

「なんだなんだ、しけた顔をして。おぬし、訳を話すという約束だったろう。それで俺は勘弁してやったんだ。雇われた身だからな、おひでには納得のいく説明がほしいのだ」

「………」

「だから、おひでに話せない話なら、俺は作り話をして納得させるつもりだ。だがな、俺には本当のことを話せと言っているんだ。まったく」

舌打ちして総一郎の顔を窺《うかが》う。

「多聞どの」

逡巡《しゆんじゆん》していた総一郎が、顔を上げて多聞を見た。

「私は、信濃国富畑藩《しなののくにとみはた》三万一千石の軽輩だった者だ」

「ふむ」

「それが、大事なお役目をしくじって浪人となった」

「ふむ。しかし、それと、あのおひでと、どういう関係があるのだ」

総一郎はまた口を閉じたが、今度は急《せ》かされないうちに言った。

「あの女が、私を今の境遇に貶《おとし》めた片割れではないか、そう思いまして」

唇を引き締めた総一郎の顔には、やるせないような憤りが垣間見える。

「聞き捨てならぬ事を申すものだ。よし、詳しく話せ。事と次第によっては手を貸すぞ」

多聞の言葉に、総一郎は目を見開いた。

多聞の返事は意外だったようだ。

「二年半前のことでした……」

矢越総一郎は国元で賄方《まかないかた》平役として城中に勤めていた。殿様が在国の時には殿様の御膳《ぜん》、城中に詰めるお偉方の御膳、来客の御膳、それらに使用する材料の調達と什器《じゆうき》の手配などを差配するお役目だった。

殿様在国の折には緊張が続くが、そうでない時には比較的のんびりとした空気が漂う役所だった。

徒や小姓《こしよう》組など殿様に近い役所に勤めるには剣の腕も問われるが、ここではそれはまず必要なかった。

ところがある日のこと、非番で家にいた総一郎に、家老の横山忠左衛門《よこやまちゅうざえもん》から使いが来た。

使いは口頭で、夜の四ツに屋敷まで出向くようにと言い、帰って行った。

わざわざ夜に指定してきた訳はなんだろうか。そもそも家老の横山など総一郎にとっては雲の上の人である。

総一郎は、藩の中部を流れる馬蹄《ばてい》川で一度言葉を交わした事はあるにはあったが、横山が軽輩の総一郎を覚えている筈がないと思っている。

なにしろその時、総一郎は非番を利用して川で釣り糸を垂れていた。

そこへ馬で通りかかった初老の武家が供連れと近づいてきて、

「釣れるか」

と聞いてきたのだ。

ふいに尋ねられてぽかんとしていると、供の者が、

「御家老様だ、横山様だ」

総一郎に耳打ちしたから、総一郎は仰天して、

「いえ、何も……」

びくを見せると、横山家老はふっと笑って遠ざかって行ったのだった。

なんとも間の抜けた話で、自分の人生はこんなことでツキを落とすのだ見放されるのだと後から悔しい思いをしたのだが、横山との繋がりはその一回限りのものだったから、何故自分が呼ばれたのか不思議だった。

果たして、夜四ツに横山屋敷に出向くと、通された座敷で総一郎を待っていたのは、横山家老と控えて座す鵜飼圭蔵《うかいけいぞう》だった。

圭蔵は神妙な顔で座っていたが、総一郎を見ると、ようというような人なつこい顔で頷《うなず》いた。

鵜飼圭蔵は総一郎にとっては道場の先輩に当たる人物だった。剣術の苦手な総一郎に、時々稽古をつけてくれた事があった。

総一郎はこの晩、横山家老から、重大な任務を告げられたのだった。

「藩主家代々の家宝、竜頭《りゆうとう》の香炉を江戸の殿に届けてほしい」

横山家老は、そう言ったのち、竜頭の香炉は、代々の藩主が手元に置く決まりになっている家宝で、訳あってお美与《みよ》の方の手元にあったものをこのたび殿様に返却することになった。ついては二人にその運搬の任についてもらいたいと切り出したのだ。

「これは、秘密裏に、速やかに江戸の殿にお渡ししなければならぬ。万が一の事は許されぬのだ」

厳しい顔で横山家老は総一郎の顔をとらえた。

「私がその任務を、そう申されるのですか」

総一郎は驚いて聞き返した。

なにしろ総一郎は、自慢じゃないが剣の腕はない。

「この任務は人知れず遂行しなければならぬ。そのために任務は二人と決めた。まずはお美与の方様のご推薦でこの鶉飼が決まった。そして鶉飼は二人目の者としてお前を指名したのだ」

横山家老はそう言ったのだ。総一郎を覚えていてくれて呼んだ訳ではなかった。あの時のことを覚えている風でもなかった。

一方の鶉飼はというと、側室たちが住む奥を預かる役所にいる奥方勤めで八十五石を賜っていた。

総一郎の家は五十五石だから、三十石もの開きがあった。

「長い道中だ。おぬしが一番気の置けない人間だと思ってな」

よろしく頼むと鶉飼は言った。

翌日二人は江戸に向かって中仙道《なかせんどう》を下っていった。

ところが、塩尻の宿で親しくなった旅の夫婦者の勧めた茶を飲み、意識朦朧としたところを一撃され、家宝の香炉を失ってしまったのだ。

家老の命で、藩士たちが塩尻の宿場を探索したが、夫婦の正体も行方もわからなかった。

総一郎も鵜飼もこの探索に同道していたが、鵜飼圭蔵は遺書を残して宿場から消えた。

まもなく、宿場から歩いて半刻ほどの山麓《さんろく》にある風穴の前で、鵜飼の羽織と草履《ぞうり》が揃えられているのを、杣人《そまびと》が見つけて宿場の役所に届けてきた。

風穴は縦に口を開けた出口未踏の底なし穴で、昔誤って落ちた者がいるらしいが、遺体を上げるのはとても無理だという場所だった。

武士にあるまじき隙《すき》に乗じられて家宝を奪われた責任をとり、鵜飼圭蔵が自裁の道を選んだのは明らかだった。

総一郎は国元に連行されて裁きを受けた。藩追放の刑だった。

本来なら死罪が妥当だが、鵜飼も矢越もまた被害者だと横山家老がかばってくれたことで、死罪を免れたのだった。

総一郎は、そこまで話すと続けて酒を呷《あお》った。

多聞はじっと見守る様子で見詰めている。予想もしなかった話を聞かされて、かけてやる言葉も見つからなかったのだ。

その耳に、賑《にぎ》やかな笑い声が聞こえてきた。声は大工の職人仲間のようだった。二人は柳橋の南袂《たもと》まで引き返してきている。多聞の住まいは深川だし、総一郎の住まいは米沢町の裏店だと知ったからだ。

そして橋の袂にある、小さな居酒屋に入ったのだ。中年の亭主とその女房と二人きりで、店をきりもりしているようだった。

酒の肴《さかな》が多いし安い。酒も地回りの物で味もいい。多聞は時々この店を覗くのだが、客は長居はしなかった。

話し込むような店ではなかったからだ。喉《のど》を潤し腹を満たせば、さっさと皆帰って行く。そういう店だった。

今日二人が暖簾《のれん》をくぐった時には、客は老人が一人と、旅の姿をした男が一人飲んでいるだけだった。ところが今店は客でいっぱいだった。

首を回して見渡した訳ではないが、声と気配でわかった。

総一郎の話はそれほどに深刻で、聞くほどにほろ酔い気分は消え、それどころかとうとう多聞は重い荷物を一緒に背負わされたような気持ちになっている。

何ともついてない男だと思うと、多聞は気の毒になった。

気がつくと、日も落ちてしまったのか、店の中は薄暗くなっていた。

「ちょいと、ごめんなさいよ」

女房が行灯《あんどん》に火を入れた。いくらか明るくなったが、目の前の総一郎の顔色は冴《さ》えなかった。

総一郎は乱暴に盃を下に置くと、

「私たちの失態だったのだ。私は、藩が下した処分に甘んじて従うしかなかったのだ」

総一郎は大きなため息をついた。

「そうか、それで浪人暮らしか……」

「過去の事は忘れて、この江戸で妻子と暮らそう。そう決意して暮らして来たのだが、しかし落ち着いて考えてみると、街道を稼ぎ場にするただの盗っ人《ぬすっと》の仕事ではない、もっと綿密に仕組まれた陰謀だったのではないかと考えるようになったのだ」

「陰謀……」

じろりと多聞は、総一郎を見た。

総一郎は頷くと、

「もしもそうだとすれば、鵜飼殿の死は痛ましいかぎりだ」

「うむ」

「そしてそれに早く気づかなかった自分自身にも腹が立ったが、私たち二人を陥れた旅の夫婦に対する怒りは日ごとに増した」

「無理もないが、おぬしの推測が当たっていればの話だな……しかし、それをどうやって明らかにするかだ」

「夫婦者を見つければ吐かせることが出来る」

「ふむ。しかし、藩の探索でもシッポをつかめなかったとすると、気の遠くなるような話だが、総一郎さん、それとあのおひでと、何か関わりがあるのか」

「ある。あの女は、あの時の夫婦者の片割れだ」

「何……」

驚いて目を見開いた多聞に、総一郎は間違いないのだと言った。

ひと月前に総一郎は、浅草寺の雑踏の中でおひでを見て仰天したが、その時は見失った。

夢にまで出てくる憎い女である。この時は見失ったが、女が出てきたしるこ屋はわかっていた。

そこでしるこ屋に尋ねてみると、ひと月に一、二度は立ち寄ってくれるのだという。店の者は名前は知らなかったが、強烈な色気を発散させるおひでには覚えがあったのだ。

総一郎はその日から店を見張った。その甲斐《かい》あって住まいをつきとめたが、亭主持ちではなかった。女の身辺にはあの時の亭主らしき人影はない。

だがいつかあの時の男に会うに違いない。総一郎がおひでを尾けているのは、そういう事情からだと告げた。

「話はわかった。しかしおぬしはもう悟られている。あんまりあの女に近づくと危ないぞ」

総一郎は神妙な顔で頷いた。多聞でさえ、おひでがどんな男と繋がっているのかわかっていないのだ。だが総一郎は、

「つい焦るのです。今日も久しぶりに倅《せがれ》の好物の五色団子でも買って会いに行こうかと思っていたのだが」

ちらと台の上の財布を見て小さく笑った。なかなか思うようにはいかぬと。

「何、すると、妻子とは一緒に暮らしていないのか」

総一郎は頷くと、妻子の身に危険が及んではと別に暮らしているのだと言った。

「いやあ……これは、すまぬすまぬ。団子が酒に化けたか」

多聞は苦笑して頭を掻《か》くと、その財布を総一郎の方に滑らせた。

「帰ってやれ。子供の顔を見れば新たな元気も出てくる」

「いえ、今日は……今日は多聞どのと私も飲みたい」

総一郎は財布を多聞の方に押し返してきた。

四

その頃仙蔵は、深川佐賀町の河岸《かし》に並ぶ蔵の前に立っていた。

ここは大川から荷揚げされる物産を一時納めておく蔵がずらりと並んでいるが、仙蔵が立っているのは、扉に井形の標《しるし》のついた蔵の前だった。

もともとの持ち主は深川の油屋『井関《いせき》』のものだが、一年ほど前から同じ深川の質屋で妻五郎《つまごろう》という男の物になっている。

井関の店はその後閉店となっているから、妻五郎が井関に貸した金の回収が出来ずに取り上げた物に違いない。

素性の確かでない妻五郎は、この蔵の二階を博奕場《ばくち》にしていた。

まだひと月も経っていない話だが、客の一人で米沢町の薬種屋『両国屋』の若旦那が、この賭場《とば》で脅しを受けて奉行所に訴えてきた事があり、仙蔵は与力の秋山鉄之助の命を受けて、この蔵に定町廻《じょうまちまわ》りの同心と一緒に手入れで入ったことがあった。

妻五郎はこの時、若旦那に脅しをかけた証拠はない、などと言い張り、説諭だけで重い罪は免れている。

その妻五郎の脇で町方を敵意まるだしの目で睨んでいた男が、那津を脅していたもみあげの男だったと仙蔵は思い出したのだ。

「これは親分さんで、何のご用でござんすか」

まだ十七、八かと思われる若い男が、いっぱしのやくざのような口をきいて仙蔵を見迎えた。

「妻五郎はいるか」

「いえ、今日はここには」

「そうかい、入らせて貰うぜ」

十手で若い者を押し退けて入ろうとすると、

「親分さん、困りやすよ」

若い者は食い下がった。だが、仙蔵はどんどん中に入って、段梯子《だんばしご》の下に立った。

二階では蠟燭《ろうそく》の火を何本も点《とも》して博奕が始まっていた。

「結構な繁盛じゃねえか」

仙蔵が二階に足を踏み入れると、火鉢を前にして客に目を光らせていた妻五郎が、びっくり眼で仙蔵を見た。

「なんだ、やっぱりいるじゃねえか」

仙蔵はにやりとして先ほどの若い男をかえりみた。妻五郎が渋い顔で仙蔵に会《え》釈《しゃく》した。仙蔵も妻五郎に会釈をしながらその目は他の者を捜している。

「いた、いた、いた」

まもなく仙蔵の視線は那津を脅していた男を見つけた。男は客の世話をしていた。

「な、なんだい。とっくにお奉行所との話はついたんだ。な、何の用だ」

妻五郎はあわてて言った。

「何の用だとはご挨拶《あいさつ》だな。この間の一件は特別に目こぼししてやったんだ。おめえさんが二度と人を脅して金を巻き上げようなんて事のないように、きっちり説教はした筈だ」

「それが何だい」

「ところが、おめえの手下ときたら、みかじめ料を取るためか、浅草寺で母子を脅して子供に暴力までふるったんだ」

「さて、手下といったって大所帯だ、知らねえな」

「ふん、あそこにいるだろう。あいつだ」

仙蔵は、もみあげの男を顎《あご》で指した。

あっと気づいて、逃げようと階段に走ったもみあげの男に十手をつきつけた仙蔵は、追い立てるようにして妻五郎の側に連れて来て座らせた。

「おめえ、親分の前で浅草寺で何やったのか、言ってみろ」

十手を男の鼻先につきつけた。

――ふん、おいらもまんざらじゃあねえな。

仙蔵は自分の岡っ引としての勇姿に少々酔ったような心地である。

もうすっかり岡っ引の親分だと思うと、亡くなった長谷の旦那が生きていてくれたらと胸がぎゅうっと締めつけられる。

「おい、言ってみろと言ってるんだ」

仙蔵が大声を出したから、むこうで遊んでいた客が、ちらりちらりと視線を投げてきた。

「どじ踏みやがって！」

妻五郎はうな垂れているもみあげの男の頭をはり倒してから、

「かんべんして下さいよ、親分」

小さな声だが、柄にもなく卑屈な笑みを見せた。

だが仙蔵は、その顔にかぶりつくようにして言った。

「その子はな、今たいへんな事になってるんだぜ。もしもの事があれば、お前だってただではすむまい。いや、こんな事を繰り返すようなら、先のお裁きだってやりなおさなくちゃな」

「旦那……」

「それが嫌なら、妻五郎さんよ。あれは手下が出来心でやった事です、ご勘弁下さいませと、相応の気持ちを見せて貰わないとな」

仙蔵は容赦なく言った。ここが一番、亡くなった長谷の旦那に見せてやりてえもんだと、仙蔵は鬼のように目を吊り上げて妻五郎を見た。

「と、いう訳でして」

仙蔵は新八郎に懐紙の包みを手渡した。

新八郎は、志野捜しで足が棒のようになって帰ってきたところだった。夕食は帰宅途中の飯屋ですませてきたが、これから湯屋にでも行こうかと考えていたところだった。

ところが、家の中に入るとすぐに斜め向かいの仙蔵が入って来たのだ。顔を昂揚《こうよう》させて、狩で捕った獲物を自慢するような顔で新八郎を見た。

「なんだこれは……金か？」

聞き返しながら、新八郎は中味を確かめた。そこに金ぴかの五両の金が重なっているのを見て驚いた。

「そうか、ヤクザからか……」

新八郎の顔から笑みが漏れた。

「やるじゃないか、仙蔵。見直したぞ」

「だから言ったじゃござんせんか、あっしに任せてくれって」

「よし、明日はあの子の様子を覗いてみるか」

「旦那が一緒に行ってくれれば心強い。ところで、いかがでしたか、お内儀さまの消息はつかめましたか」

「いや、今更焦っても仕方がない。下谷の寺や神社を回ってみているのだが、志野の母親がやっていると思われる団子屋は出ていなかった」

「そうですかい。ひょっとして、もう商売替えをしたのかもしれませんね」

「生きているのかさえわからぬ」

「すみません。一緒に捜すと言っておきながら、あっしの腰が定まらずに、お手伝いが出来ませんで」

「ゆっくりいくさ」

新八郎は笑ってみせた。


二人が那津の長屋に向かったのは翌日のことだった。途中梅庵の家に寄り道をして、滞っていた薬礼を払い、それから那津の長屋に向かった。

貢はもう起きあがってカラスの子に餌《えさ》をやっていた。

仙蔵が医者に支払った残りの金の入った包みを那津の前に置くと、那津はそこまでしていただく訳にはいかないと断った。だが仙蔵は、

「あの藪《やぶ》医者の話では、貢ぼっちゃんが以前のように口をきけるようになる為には、まだまだ色々と治療を施してみる必要があると言っておりやしたぜ。こんなもんじ

ゃあ足りねえと思いやすが」

那津の方に更に指先で金の包みを突きよせた。

「那津どの、仙蔵の言う通りだ、今後の治療代にすればいい。なあに、この金はあのならず者たちから締め上げた金だ、遠慮することはない」

新八郎も横から口添えをする。梅庵が新八郎と仙蔵に漏らしたところによれば、貢はもう二年も前から口がきけなくなっているということだった。

ただ、もともと障害があった訳ではなく、何かの衝撃を受けたために突発的に話せなくなったという事だから、根気よくいろいろ治療を試しているうちに、元に戻るのではないかと言った。

梅庵は金を貰えるとわかれば掌《てのひら》を返したように親切だった。二人が何も聞かないうちに、べらべらとそんな話までしてくれたのだった。

金にうるさい医者だけではない意外な一面に、二人は驚かされたのだった。

「わかっております。あの子が今までにどんなに心を蝕《むしば》まれてきたことか……」

那津は顔を曇らせた。

「クロ、クロ、食べろ。クロ、クロ」

無心にカラスに話しかける貢の声が、しんとした部屋の空気を和らげる。

那津は、ふっと微笑んで息子に視線を走らせると、

「あのカラスにだけは心を許しているのか、話すことが出来るんです。ですから私も、カラスを飼うなど不吉な感じはしたのですが、貢が元の元気を取り戻せるなら と……長屋の人たちにも迷惑をかけています」

申し訳なさそうな顔をみせた。

実際長屋の者たちの間には、カラスを飼っていることに眉《まゆ》をひそめる人も多いようだ。

「旦那、那津さんはいい人だけど、あれだけはねえ。旦那が言ってやって下さいな。カラスが元気になったら、すぐにお放しって」

那津の家に入ろうとした新八郎と仙蔵に、長屋の女が頼みこんできたのは、つい先ほどのことである。

「しかもクロだなんて名前をつけたものですから……」

「純粋な子供心がする事だ。そう目くじらを立てることもあるまい。いや、実は俺にも覚えがある」

「まあ……」

那津は、ほっとしたようだった。

「那津さん、新八郎の旦那にも可愛いおぼっちゃまがいらしたんでございやすよ。そのお子はお亡くなりになったんですが、火傷を負ったクロという犬を飼っていらしたんです」

「………」

那津の目に、同病相憐れむような色が浮かんだ。

「それに、今は事情があってお内儀さまを捜しておられる」

「お内儀さまを」

那津の目に驚きが走った。

「家を出られて行方知れず、それで旦那は家を捨てて浪人になりなすった」

「仙蔵、よせ」

新八郎が止めた。仙蔵の言う事に嘘はなかったが、自身の恥部を語られているようで心がざらついてきた。

「すいません、つい」

仙蔵は、はっとして謝った。だが那津の表情には変化が見られた。どこかにこれまで、心を開かないようなぎこちないものが見えたが、那津の新八郎を見る目の色は違ってきていた。

「青柳さま、私、青柳さまに聞いていただきたい話があります。そして、お力をお貸しいただきたいのですが」

那津は、ちらと貢に視線を走らせたのち手をついた。貢には聞かせたくない、那津の顔はそう言っていた。

「ぼっちゃま、貢ぼっちゃま、この仙蔵と一緒に、そのカラス、外の空気を吸わせてやりやしょう。お天気もいい、あったかくて喜びますぜ」

仙蔵は貢に近づいて、カラスの籠を覗いた。

五

「私はわからなくなったのでございます。いったい、武士とは何なのか、武士の大儀とはどういうものなのか。夫はいまや浪人です。その夫が私たちを置き去りにしてもやるべきことなのか。同じ浪人の、しかも事情があって家を捨てられた青柳さまにお聞きしたいのです」

那津は、仙蔵と貢が外に出て行くと、改めて姿勢を正して新八郎を見た。

息子を見ていた優しい目は、いまきっとして見詰めている。身につけているものは粗末な木綿《もめん》の代物だが、その挙措には武家の妻女としての凜《りん》としたものが窺えた。

「わかった。話を聞こう」

新八郎が頷くと、

「私の夫は、矢越総一郎と申します。国は信濃の富畑藩で賄方平役としてお勤めしておりました」

那津は語り出した。

夫は、藩の命を受けて藩主家代々の家宝の香炉を、道場の先輩にあたる人と国元から江戸に運ぶ途中、塩尻の宿で盗まれ、藩追放となった。

先輩の鵜飼圭蔵という人は、塩尻の宿からそう遠くない山麓の風穴で責任を感じて自害していたから、総一郎が命をとりとめる事が出来たのは有り難いと言わねばならない。

しかし、放浪の身となった一家は、厳しい世間の風に晒《さら》される事になった。

他藩に仕官を望もうにも、藩を追放となった浪人に手を差し伸べてくれるところがある筈もない。後見人もなければ推薦状もない者を、信用して抱えてくれる藩はなかった。

次第に総一郎は、いっそ鵜飼圭蔵のように自裁の道を選んだ方が良かったのでは、などと那津に苦衷《くちゅう》を漏らすようになった。

それというのも、鵜飼圭蔵にも妻がいて、貢より三つほど上の男児がいたが、圭蔵が早々と自裁して責任をとった事から、お家断絶には至らず、わずか十五石ではあるがあてがい扶持《ぶち》が下される事になった。

総一郎は、死に後れた、などと悔やむのであった。

そうは思うものの、総一郎は言葉を失った貢が気がかりだったのだ。

「自分の不祥事のために、一人息子は言葉を失い、将来を台無しにした……夫はそう申して泣きました」

那津は、そこまで話すと声を震わせて息をついた。

一つ一つの苦難の道のりをもう一度踏みしめるような説明に、つい過ぎてきた苦労に胸にこみ上げるものを懸命に押し込んでいる風だった。

「那津どの」

新八郎は声をかけた。

「息子さんが言葉を失ったのは、ご亭主が追放されたことが原因ですか」

那津は唇を引き締めたまま、首を横に振った。そして再び顔を上げると、

「いいえ、追放の重さは幼い子には理解できません。もっとわかりやすい、恥ずべ

き姿を目の前で見てしまったことが原因です」

「…………」

「夫は、旅先から国に帰ってまいりました時、一度は家に帰されました。監視つきでしたが三日ほど家族は一緒に暮らしました。四日目に家の中で縄をかけられ評定所に連れていかれたのですが、その無惨《むざん》な姿をあの子はじっと見ていたのです」

「…………」

「父親が縄をかけられるのを見ていたのです」

「…………」

「涙も出なかったようです。白い顔をしておりました。でも、その日から何もしゃべらなくなりました」

新八郎は頷いた。抱えきれない衝撃の波が、貢の感情を奪い、涙を奪っていったようだ。

「夫は仕官を諦《あきら》めました……」

那津は感情を抑えた目で新八郎を見た。

夫の総一郎は、江戸に出て、浪人として暮らす事をとうとう選んだ。

ただ、貢のために生きる。そのためにはどんな仕事でもいいとわない。総一郎は那津と手を取り合って、そう約束した。

この長屋に入ってからは、傘《かさ》張りから力仕事までなんでもやって来た。那津も針仕事で内職をした。貧しいが支えあって生きていると実感できる暮らしだった。

ところが、三ヶ月前のこと、総一郎は突然妙なことを言い始めた。

「俺は、これまで自分を襲った悲運にあまりにも従順過ぎた。俺は謀《はか》られたんだ、奸計《かんけい》にはまったんだ。このまま朽ち果てる訳にはいかぬ……」

那津はそこまで話すと言葉を詰まらせた。

「それで家を出ていかれたのか」

新八郎は言った。

那津は頷いた。

「妻子を危険な目に遭わせたくない。そう思われたのではないかな」

「青柳さま」

那津は訴えるような目を向けると、

「女の私が考えることは違っているのかもしれませんが、いまさら事件を掘り返し、万が一奸計にはまったのだとしても、どうなるというのでしょうか。夫には、もう一度考え直してほしいのです。貢のために、生きていて欲しいのです。青柳さま、夫の気持ちを翻意させて下さいませ」

　新八郎をじっと見た。

「ちょっと待て、おぬし、今なんと言った？」

　新八郎の話に多聞の目は驚いていた。

「那津というひとの亭主の名だ。矢越総一郎、今そう言ったな」

　多聞は声を潜めた。辺りの客に用心深い目を走らせる。だが誰も二人の話に聞き耳を立てているような者はいなかった。

　なにしろ茶漬屋吉野屋は、まだ混み合う頃ではない。六ツまでにはまだ半刻はあり、二人は久しぶりに吉野屋に入ったが、八重も二人の様子を見て遠慮したのか、先ほどイカの一夜干しをあぶったものと里芋の煮っ転がしを運んで来てからは、奥に引っ込んでいる。

　八重は帳簿つけをしているから客の世話はしない事になっているが、新八郎や多聞が呼べばいつでも出てきて相手をしてくれる。

　二間ほど離れた場所に座っている母娘《おやこ》が、ちらりと多聞たちに視線を走らせてきたが、他の客は料理を口へ運ぶのに余念がない様子だった。

「知っているのか、矢越を」

新八郎が聞き返す。

「知っているも何も、俺もその男のことをお前に話そうと思ってここに誘ったのだ」

「何、すると、今雇われている女と関係があるのか」

「そういう事だ」

じっと新八郎を見返したのち、多聞は膝《ひざ》を寄せると、おひでという女に雇われて知った矢越総一郎の話をして聞かせた。

おひでを尾ける総一郎の不運な話には、新八郎が那津から聞いた話とは別の、そこにいたる役務上の失態の内容も詳しくあった。

「ふむ」

腕を組んで聞いていた新八郎は、その腕をほどいて言った。

「そうか、それでわかった。お内儀の那津どのは、亭主の総一郎がある日突然家を出たと言っていたが、妻子には言わなかった事件の鍵を握る夫婦者の片割れを見つけた、そういう事だったのか」

「もしも総一郎の推測が当たっていたとしたら、こりゃあえらいことになる。俺一人では心許ない。おぬしに助っ人を頼みたいと思ったのだ」

「助っ人……誰の助っ人だ。女のか」

「馬鹿言え、総一郎に力を貸してやってほしいのだ。なにしろ俺は、あいつに奢《おご》って貰っているからな。借りは返さなくてはならんのよ。だが、しばらくは用心棒を続けるつもりだ」

「するとお前は、総一郎は俺に任せて、女の方につくというのか」

「ふっふっ、金を貰うためだ。あの女は外に出るのが大好きな女だ。外出のたびに俺のふところに用心棒代が転がりこむことになる。だがな、その金を俺一人で使う気はない。お前にまわすからその金で総一郎を助けてやってほしいと思ったのだ」

「女の用心棒代で、総一郎を助けてやると、そういう事か」

「そうだ。うまい考えだろう」

「まったくお前は、女に気づかれたらまずいんじゃないのか」

「なあに、この間のことも、尾けていた男が総一郎などという話は伏せてある。取り逃がしたが、あの浪人はあのあばずれ、などと叫んでおったぞと言ってやったんだ。そしたら女は」

多聞はここから女の声音で、

「ふふふ、まあね、誰かは知らないけど、言い寄って来る男はたくさんいるから……多聞の旦那、そういう訳だから、もうしばらく、あたしを守って」

二人は見合ってくすくす笑った。あまりに多聞の声が真に迫っていたからだ。

「俺は、総一郎の事件がはっきりするまでおひでの用心棒でいるつもりだ」

多聞は盃を傾けた。

「わかった、総一郎どのに会ってみよう。実をいうと那津どのにも頼まれていたのだ」

「そうしてくれ。俺はその間におひでを探ってみる」

多聞は言った。

とは言ったものの、おひではなかなか昔のぼろを出すような事はなかった。男に対しては開っぴろげに振る舞っているくせに、こと自分の身上に関しては用心深い女だった。

新八郎とあった翌日に、多聞はおひでから茶を振る舞われ、雑談に乗じて、

「それはそうと、おひでさんには旦那がいるんだろ」

それとなく探ってみると、

「なによ。そりゃあ、いるにはいるわよ」

くすくす笑ったのち、

「その話はおしまい」

体よく逃げた。

「もっと面白い話をしましょうよ」

おひでは言った。今日はどうやら三味線の稽古は休みらしい。

「そうだな、じゃあ旅の話はどうだ……俺は昔、この江戸におさまるまで仕官の口を探して旅したことがあったが、旅先では随分いい女もいたな」

口から出任せ、多聞は妻以外に女を知らない。

だがおひでは、すぐに話に乗ってきた。

ひとしきり各地の女郎宿の話や飯盛女の情の深さなどを、これも口から出任せの、人から聞いた話を披露すると、

「多聞の旦那は優しいのね。旦那に抱かれた女郎はきっと旦那のことは忘れないよ」

おひでは、これまでみせた事のない、殊勝な表情を見せた。

おやっと思って見返すと、

「いやですよ。あたしだって女なんだから、女の気持ち、わかりますよ。そうそう、私もね、中仙道の宿場なら知ってるよ」

意外な言葉が返って来た。

「ほう、いつの話だ」

膝を乗り出すが、

「いつだったか忘れちまった」

またまたあっさり躱《かわ》して、おひでは立ち上がった。外出するというのだった。

おひでは、この日、小間物屋で化粧道具を買い、鬢《びん》付け油屋にも寄り、甘味処で甘い物を買って、それから横山町の通りを西に向かった。

多聞は三間ほど離れて歩いていく。もう総一郎は襲ってくることはないから、多聞はのんびりしたものだが、当のおひではその事は知らない。

先に襲われた神田堀が近づいた頃、ちらっとおひでは不安な顔で振り向いたが、多聞が大きく頷いてやると、安心したのか神田堀沿いを南に歩き、千鳥橋を渡ると、さらに南下して富沢町の古着屋の町に入った。

おひでが外出した時に最後に立ち寄るのは、いつもこの古着屋の町だった。

しかも店は決まっていた。『亀屋』という中堅どころの古着屋だった。

おひではここで一刻ほど過ごして出てくるのだが、その間多聞は差し向かいにある蕎麦屋で、ちびりちびりやりながら待っているのだ。

蕎麦屋は年老いた夫婦者がやっていて、客はこの町に住むなじみの者がほとんどのようだった。

その蕎麦屋の婆さんの話では、亀屋の主というのは、ちらと見た限りではなかなかの男っぷりだと言う。だが周囲に目を遣《や》る様子は陰険な感じがして、とりつきにくい男だと教えてくれた。

名は利兵衛《りへえ》というらしい。この町に店を開いてから二年近くになるが、老夫婦の店にはまだ蕎麦を食いにきたこともないというのである。

多聞はおひでの様子から、この古着屋の主が、おひでの男ではないかと考えている。

「蕎麦をくれ」

多聞は、店に入ると亀屋の見える窓近くに腰を据えたが、

「すまん、取り消しだ。また来る」

慌てて蕎麦屋の外に出た。

腰をかけた途端、亀屋の中を窺う怪しい男を見たからだ。

男はちらりとこちらを見たが、なんとも馬面のその男は、亀屋の店の中を覗いたものの、小僧がそれに気付いて言葉をかけると、こそこそと店の前から去っていったのである。

多聞は男の後を尾けた。

男は富沢町の大通りを西に向かった。古着を積んだものか、縄で縛った大きな荷物を載せた大八車が、何台も通り過ぎていく。

男は行き交う大八車などには目もくれず、何か考えながら歩いているようだった。腕を組んでうつむき加減に歩いている。

男は、多聞が尾けているなどとは思いもしないようだった。だが、東堀留川に出る直前に一度後ろを振り向いた。

警戒しているのがわかった。咄嗟《とっさ》に多聞は角の道に入って様子を窺ったが、男はまた顔を戻して歩き始めた。男が背後に神経をとがらせたのは、この一度だけだった。

和国橋を渡って堀江町に入ると、男は諸国物産問屋『鳴海屋《なるみや》』と看板のかかった店の中に入って行った。

「おい、今店の中に入った顔の長い男は、ここの者か」

多聞は外に出てきた鳴海屋の半纏《はんてん》を着ている男に尋ねてみた。

「ああ、鉄心《てっしん》さんのことですね。うちに逗留《とうりゅう》している祈禱師《きとうし》さんですよ」

六

「馬面の男……」

総一郎は、多聞から話を聞いて絶句した。

「心当たりがあるのか」

多聞は新八郎と顔を見合わせたのち、険しい顔で総一郎に尋ねた。

三人は柳橋の船宿の一室で人を待っているところだった。

総一郎が是非にも会ってほしい人がいるというのでやって来たのだが、その人を待つ間に、多聞は昨日のおひでの様子や亀屋をうかがっていた男を尾けた話をしたのだが、その男が馬面だったという話に総一郎の心は動いたようだ。

「そいつです、片割れです。そいつがおひでの片割れです」

興奮した顔で総一郎は、新八郎を見、多聞を見た。

「片割れ……夫婦者の、おひでの相手か」

多聞もつい大きな声で聞き返す。

「はい」

「鉄心という男だぞ。祈禱師だそうだが」

「祈禱師……あの時は、確か加賀の糸屋の、徳兵衛《とくべえ》とか言っておったが、二人は愛想もよく、一献差し上げたいなどと夕食を共にすることになり、すっかり信用したのです。とにかくあれほど見事な馬面を見たことがなかった。こんな馬面の男に、よくこれだけの美しい女房がと鵜飼さんと話した覚えがある」

「すると、名も変え、身分も変えて近づいたという事だな」

「そうです。私はあの二人に眠り薬を飲まされたんだ。そして朦朧としてきたところを一撃されて気を失った。あの二人は、そのあとで鵜飼さんが懐に入れていた香炉を奪って逃げた。鉄心とやら、捕まえて吐かせてやる」

今にも飛び出して行こうとする気配に、

「待て、総一郎、早まるな」

初老の男が入って来た。

「楽斎《らくさい》さま」

総一郎は畏《かしこ》まって手をついた。

「お待たせせした」

楽斎は三人の前に座ると、総一郎から多聞へ、多聞から新八郎へと、頼もしそうに見て頷いた。まるで父親が倅を並べて見ているような、そんな視線だった。

楽斎は袖《そで》なし羽織を着た隠居姿であった。髪には白いものが走っているが、その目の色は深く、体からほとばしり出る威厳は隠しようもなかった。

──何者か。

と新八郎は思った。

総一郎の紹介で、新八郎と多聞が名を名乗ると、楽斎はじっと二人の顔を見たのちに、

「わしのことも伝えておかねばなるまい。わしは二年前まで富畑藩の家老だった横山忠左衛門という者だ。失脚して隠居し、今は楽斎と名乗って日本橋の『相模屋《さがみや》』の寮で暮らしておる」

「横山忠左衛門……」

新八郎も多聞も驚いて顔を見合わした。

横山忠左衛門といえば、総一郎の話の中に出てきた家老ではないのか。驚いて楽

斎を見つめる新八郎と多聞に楽斎は言った。

「わしの昔をこの江戸で明かしたのは、そなたたち二人がはじめてだ」

「御家老さま」

総一郎が声をかけた。総一郎は横山忠左衛門が、あっさり身分を明かすとは予想していなかったらしく、おろおろした声になっている。

「よいのだ総一郎、お前を助けてくれている大事な人だ。隠し事があってはならぬ。わしが家老職を解かれたばかりに、お前の力にはなってやれぬ。だがこれで孤立無援のお前も救われる」

楽斎は微笑した。

——なぜここに横山家老がいるのだ。家老は総一郎に密命を下した当の本人ではなかったか。

混乱した頭で新八郎は楽斎に尋ねた。

「楽斎さま。先ほど二年前に失脚されたと申されましたが、総一郎どのの事件がもとで……そういうことですか」

総一郎は辛そうな顔で見ている。

「あの事件が、ひとつの大きなきっかけになったという事だ。単なるきっかけだ。

ただ、鵜飼が選ばれたのはお美与の方様のご意向で止むを得なかったが、後の一人をこの総一郎にしたのはまずかった」

「……………」

膝に視線を落として、居場所もないような顔で座っている総一郎に、

「総一郎、お前を責めているのではない。そなたには荷が重すぎたのだ。もう少し警戒心の強い、剣に達者な男を選ぶべきであった。あれがなければ、そなたは今頃浪人などせずに幸せに暮らしていた筈……まさかこんな事になろうとは」

「すると、御家老もあの一件は誰かの策略だったとお考えか」

多聞が聞いた。

楽斎は頷いた。初老の目に険しい光が過《よ》ぎった。その顔を総一郎に向けて楽斎は言った。

「だからこそだ、総一郎。急いではならぬよ。あの事件は夫婦者二人の考えでやった単純な事件ではない。二人の背後には、お前一人ではたちうちできぬ大物がいる筈だ」

「楽斎さま……」

「いいかな、総一郎。あの夫婦者はお前たちの懐から金も取ったし香炉も取ってい

った。当初は行きずりの犯行だと誰もが思っていたが、これは周到に謀られたものだ」

「…………」

総一郎は頷きながら固唾を呑んで聞いている。楽斎は、総一郎の目をとらえて話を続けた。

「鵜飼とお前の任務を知っていた者は、藩の中でも僅《わず》かな人間だ。それがどうして夫婦者に漏れたのか。いや、誰かが夫婦者を使ったのだ。そうとしか考えられぬ」

「楽斎さま、私もそのように考えます。ですからこの私が、国元に潜入して調べ直してみせます」

総一郎が声を上げた。

「妻子の命が狙《ねら》われるやもしれぬぞ」

「そのために、妻子とは別れて暮らしているのです」

「わしが編成した探索の者たちが調べてもわからなかったことだぞ」

「しかし」

膝を寄せる総一郎に、

「もっとも、鵜飼が自害して調べの手がゆるんだことは否めないが、夫婦の後ろに黒幕がいるとすれば、今更蜂の巣をつっつくような事をすればどうなるか、危険だ」

楽斎の言葉に、総一郎は押し黙った。悔しそうに拳を握って膝の上で震わせていたが、席を立って出て行った。

「おい、総一郎……」

多聞も総一郎を追って出て行った。

「正義の心だけで立ち向かっても悪計を潰すことは出来ぬ。しかし、あの様子では諦めることはあるまいな」

そう呟いた楽斎の目が、新八郎をじっととらえた。

「青柳新八郎と申されたな」

「はい」

「わしの頼みを聞いてもらえぬか。総一郎は剣はからきしだ。なにしろ魚ひとつ釣れぬ男だからな」

楽斎は小さく笑って、

「総一郎を守ってやってはくれまいかの」

新八郎の目を覗いた。

楽斎は、総一郎と初めて会った時のことを覚えていたのだ。

総一郎が釣り糸を垂れていた所に家老が現れ、一匹も釣れてないびくを見せると苦笑されたと総一郎は笑っていた。また当の本人は雲の上の人だから覚えている筈がないのだとも言っていた。

だが家老は、その時の一度の出会いを、好感を持って見ていたのだ。ほんのひとことのその言葉に、主従のほほえましい関係をみて新八郎の心は動いた。

「楽斎さま……もとよりそのつもりです」

新八郎は、しっかりと頷いてみせた。

那津から、新八郎は頼まれて総一郎に会っている。那津の望みを伝えるためだ。

その望みというのは、事件の真相を探ろうなどという気持ちは翻意して、家族のところに戻ってきてほしい、ということだった。

だが、総一郎に会い、総一郎の怒りと無念を切々と当人の口から聞いた新八郎は、存念を残したままでは、この先の総一郎の暮らしはないと思った。

その時から、新八郎は総一郎の力になってやろうと考えていたのである。だから楽斎の頼みに異論はなかった。

楽斎は、新八郎の意を聞くと、小さく膝を打った。

「有り難い。総一郎はきっと国元に入るに違いない。その時には援護を頼みたい」

楽斎は懐から紫の袱紗《ふくさ》に包んだ物と、一通の書状を取り出して置いた。

「これで国元に入ってくれ。二人分の路銀、それとそなたへの礼金のつもりだ。書状は、書院番勤めの前畑三之丞《まえはたさんのじょう》宛のもの、奴はきっと力になってくれる筈だ」

「承知しました」

新八郎は書状を取りあげて宛名を確かめ、袱紗を開いて小判をつかむと袂に入れた。

新八郎と総一郎が信濃国富畑藩に入ったのは、紅葉が山を染め上げる十一月も半ばの頃だった。

用心のために総一郎には町人の形をさせ、名も丹七《たんしち》と変えさせた。

二人はとりあえず城下の『田代屋《たしろや》』という旅籠《はたご》に入った。

そして暗くなるのを待って、二人は町に出た。まだ宵《よい》の口で旅籠のある通りは人の往来も多く、丹七となった総一郎はてぬぐいで顔を覆って新八郎の後ろに従った。

目指す前畑三之丞の書院番士の屋敷は、城近くの上士町にある。

総一郎などが暮らしていた下級武士の屋敷地とは違って、町を抜ける道の角には立ち番の小屋があるから、身なりを変えたとはいえ、総一郎は身を硬くして立ち番の前を通った。

途端に二人は静かな空間に踏み込んだ。咳《せき》をするのさえ憚《はばか》られるような静けさである。しかも暗かった。

月の光は細く、丹七は途中から提灯《ちょうちん》に火をつけた。

誰も通っていない武家屋敷に囲まれた道を、前後に注意を払いながら二人は歩んだ。

上士町に入って四半刻ほど歩いた時だった。

「新八郎どの」

総一郎が立ち止まった。提灯を翳《かざ》して辺りを確かめると門扉に近づいて小さく叩いた。

小窓が開いて中間《ちゅうげん》が顔を見せた。

「楽斎さまの手紙を持参した」

総一郎が小さな声で伝えると、中間はしばし待つように言い、屋敷の中に走って行った。

すぐにばたばたと足音がして、中間と下男が走って出て来ると、新八郎と総一郎は門内に導かれ、座敷に通された。

前畑三之丞はすぐに二人の前に現れた。燭台《しょくだい》の灯の側に座った三之丞は、四十も半ばの痩せた男だった。

「夜分に恐れ入りまする。矢越総一郎でござる」

町人髷の丹七こと総一郎が頭を下げると、

「やはりそうか、矢越総一郎どのだったな、覚えている」

三之丞は驚きの目で丹七を見た。隆起した鼻梁《びりょう》が、頼もしく見える。

「俺は、青柳新八郎と申す。まずはこれを……」

新八郎は懐から楽斎の書状を取り出して置いた。

「拝見します」

三之丞は取り上げると恭《うやうや》しく書状に目礼し、それから近くの燭台を手前に引き寄せ、封じ紙を切った。そして静かに楽斎の手紙を読み進める。

その神妙な目が次第に険しくなっていくのを、新八郎と総一郎は静かに見守っていた。

三之丞は読み終えると、また文をうやうやしく掲げて敬意を表し、ゆっくりと巻き戻してから二人に向いた。

「楽斎さまの手紙は拝読致した。喜んで協力いたしましょう」

三之丞はきっぱりと言った。しかも三之丞は、

「実は私は、あの時御家老の命を受けて塩尻の宿に探索に出向いた者の一人です」

と言うではないか。

「それじゃあ総一郎どのが宿をとった塩尻に参られたのですな」

新八郎が聞いた。

「さよう。しかし探索の成果も上がらず、事件はうやむやのままで、御家老は責任をとらされて失脚となりました。私は、そのことで、ずっと心を痛めてきた。いい機会だ。私もせいいっぱい手を尽くします」

三之丞は、決意の目で頷いた。

「有り難い。されば、前畑どのの息のかかった者を二、三人、お貸しいただけませぬか。俺たちは、あの事件はこの御城下で計画を練られたものだと考えている。おひでと鉄心夫婦は、この御城下に住んでいた者かもしれぬと……二人の存在がこの御城下で確認出来れば、その二人を利用した黒幕が誰なのかもわかる、そう考えている」

新八郎の言葉に、三之丞は深く頷き、

「わかりました。明日にも宿に探索の者をやります。遠慮なく使って下さい。事件の解明は私も望むところです。私がいまこうして書院番頭にまで上れたのも横山家老のお陰です。私は御家老の復帰を強く願っております。いえ、私だけじゃない、息をひそめて再び御家老が登壇してくれる事を望む者は多数おります。なにしろ今の御家老は汚職のにおいぷんぷんたる男でござってな、このままでは藩の行く末は危うい」

苦々しげに吐露したのち、

「事と次第によっては私も出向く。また、必要なら人も増やす。言ってくれ」

力強い言葉をくれた。

「いや、当面は前畑どのは表に出ぬ方が好都合、裏で協力してくれれば十分です。いざという時にはお願いするやも知れません」

「わかった、青柳どのに従おう」

「ただ、一つお聞きしたいことがあるのですが、その後香炉は出てきたのですか。出てきていないのなら、香炉の決着はどうなったのか教えていただければ」

「香炉は行方不明のままだ。近隣の藩の古道具屋も当たってみたが、どこにもなかった」

それがために次期藩主を誰にするのか、いまだに決着がついてはいない。ゆゆしき事だと三之丞は言った。

「なにしろあの香炉は、初代藩主の常豊《つねとよ》さまが家宣《いえのぶ》公から賜ったものだった。その時以来、香炉は次期藩主を決める唯一の品」

三之丞はちらと二人に視線を投げると、苦々しい顔で言った。

「ところが殿は、若気の至りで十年前にお美与の方様に香炉をお渡しになっていた。おそらく、お美与の方様にせがまれての事だったのだと存ずるが……」

当時お美与の方は藩主常豊の寵愛《ちようあい》を独り占めにしていた。お美与の方は、常豊が国にいる間に妊娠し、参勤交代で江戸に向かう直前に子を産んだ。

生まれたのが男児だったため、常豊の喜びはたいへんなものだった。

「お美与の方様は、そんな殿の気持ちに乗じて、将来必ずこの子を藩主にしてほしいと頼み、殿も約束されたのだ。だがお美与の方様は、それだけでは満足なさらなかったようだ。これは奥の者たちに聞いた話だが、お美与の方は殿に、殿が出府の後は頼るよすがもない私を哀れと思うのなら、どうか香炉を私にお預けくださいませなどと、せがんだということだ」

三之丞の言葉は、藩主の軽率な行いを嘆いているようだった。そしてその気持ち

は、お美与の方への不審にも繋がっている様子で、

「ところがその後に、江戸の奥方様にも御子がお生まれになったのだ。若様だった。殿はしかし、香炉のことはそのままにしていたらしく、いよいよお上に継嗣の届けをしなければならぬとなって、お美与の方に香炉を返却するように申されたのですが、お美与の方はそれに応ぜず、横山家老がお美与の方を説得して江戸の殿に返却する話になった、あの事件の背景にはそういう事情があったのだ」

三之丞は顔をしかめた。

「すると、まだ何も継嗣の問題は解決していないという事ですか」

新八郎が尋ねると、三之丞は頷いて言った。

「さよう。今藩内は真っ二つに割れておる。江戸の若君様を推す者たちと、若君は病弱だからという理由で、お美与の方のお子を推す者たちとで睨み合っている。香炉のことだけでも将軍家に知れれば行き先危ういというのに、後継で藩が揉《も》めていることが知れれば、お取りつぶしということだってある」

# 七

新八郎と総一郎の宿泊する宿に、三人の男がやってきたのは、翌日早朝のことだった。

宮沢勝之進《みやざわかつのしん》、加納信夫《かのうのぶお》、吉田彦四郎《よしだひこしろう》、ともに城下の道場では一、二を争う剣術に達者な者だと、三之丞の添え書きにはあった。

そこで新八郎は、二手に分かれて探索をする事に決めた。

宮沢勝之進と加納信夫には、城下の三味線師匠を当たり、おひでの手がかりを探ること。そして自分と吉田彦四郎は、馬面の男の消息をつかむために旅籠や薬種屋を当たることとした。

総一郎については宿で待機するように言いつけた。

一緒に探索したいという総一郎に、厳しく言い聞かせて宿で待機させたのは、前畑三之丞との連絡、また二手に分かれた探索の様子をそれぞれに伝達する者として、一人は宿にいた方が良いと思ったからだ。

また、総一郎が奸計にはまり今の身の上になったという事ならなおさら、楽斎の言う通り総一郎が町に出ることは危険だった。

しかし、総一郎は五日目になって、単独で外に出た。

日が落ちるまで四半刻を残した頃、宿に戻った新八郎と吉田彦四郎は総一郎がいないのに気がついた。

宿の者に尋ねると、昼頃に出て行ったが、それっきり帰ってきていないのだという。

新八郎と彦四郎は、いったん脱いだ草鞋《わらじ》をまた着けて外に飛び出した。

どこに行ったかもしれぬ町の中を、二人は急ぎ足で捜して回った。

だが総一郎の姿はどこにもなかった。

時は既に黄昏《たそがれ》時、新八郎たちが諦めて宿に戻ろうとした時だった。

「あれは！」

彦四郎が声を上げた。

町外れの草深い橋の上に、武士二人に前後を挟まれた総一郎の姿があった。

「いかん」

二人は橋の上に走った。

「待て」

新八郎は武士に呼びかけるのと同時に、総一郎に一撃した武士の剣をはねとばし、総一郎を庇《かば》って立った。

この時少し遅れて、彦四郎はもう一人の男の腕を斬った。

「ひ、引け」

腕を斬られた男が叫んで、二人はあっというまに橋の袂に走り去った。

「なぜ一人で出た。おぬしの役目は外に出て探索することではない。おぬしが外に出ることで、俺たちも危険になるのだ。それがわからぬのか」

新八郎は宿に戻ると厳しく諭した。

「すまぬ。あの橋を渡った先に古い寺があったことを思い出したのだ。そこにはよく修行僧とか山伏が逗留していた。ひょっとして鉄心もそういった者たちの仲間だったんじゃないかと……」

「鎮守の森を少し登った寺のことですか」

彦四郎が、まだ緊張のとれぬ顔で聞いた。

「そうだ。だが無駄足だった。主が代わっていて何もわからないということだった」

「そうだろう。かねてからあの寺は盗人や騙《かた》りの巣窟《そうくつ》といわれていたからか、あの事件のあとで先の住職以下は追放となったのだ」

「何……」

妙な話だと新八郎は思った。

推測の域を出ない話だが、総一郎はその寺に近づいたことで襲われたのかもしれない。

総一郎そのものを狙ったのか、或《あ》るいは寺を調べに来た者として狙ったのか——。

思案の目を総一郎に戻すと、総一郎は遠くを見る目で言った。

「落胆して戻ってきたあの橋の上で、私は蛍《ほたる》を見たのです」

「蛍……」

何を突然言い出すのかと怪訝《けげん》な顔で聞き返すと、

「間違いない、一瞬にして消えたが蛍の光を見た。冬の蛍だ」

「冬の蛍」

俄《にわか》には信じがたいが、総一郎は真剣だった。

「私はもう一度見たくて立ち止まっていた。そこを襲われた」

「………」

新八郎と彦四郎は見合わせた。すると、総一郎は言いにくそうに言ったのだった。

「祝言をあげてまもなくの頃でした。あの橋の上で、二人で、那津と蛍を見たことを思い出したのです」

「…………」

「那津を、幸せにすると、私はその時心に誓いました」

総一郎はまだ明るみを残す中空に目を投げた。

総一郎の脳裏には、黄昏の橋の上から飛び交う蛍を眺めている那津と自分の姿が浮かんでいた。

二人は肩を寄せ合っていた。側には幾通りもの夫婦者や若い男女が体をくっつけるようにして蛍の乱舞に見入っていたが、自分たちほど幸せな一組はいないだろうと総一郎は思っていた。

人の目にふれないように総一郎が那津の手を取ると、那津も静かに握り返して来た。細い指で総一郎の手にすっぽり入るほどのものだったが、意外に握り返してきた那津の力は強かった。

しばらく総一郎は那津の手を放さなかった。握りしめた那津の指の一本一本を確かめたりした。その時の那津のしっとりとした指の感触が甦《よみがえ》り、総一郎は胸の震えを抑えることが出来なかったのだ。

——私は那津を、幸せに出来なかった。この先も出来ない。

なぜそんな所に自分が追いやられてしまったのか、これを運命というにはあまりにも酷ではないか。納得できる筈もない。

それでも総一郎についてきてくれた那津への感謝で膨れあがっていた。

総一郎はその場を離れられなくなっていたのだ。

後を尾けられていた事も、すぐ側に危険が迫ってきている事も、思い出に胸が塞《ふさ》がれて気がつかなかったのだ。

「すまぬ、迷惑をかけた」

我にかえった総一郎は、新八郎と彦四郎に頭を下げた。

「いいのだ、総一郎」

新八郎が手を差し伸べたその時だった。

宿の階段を急いで上がってくる足音がした。

三人は、はっとして身構えたが、部屋の中に飛びこんできたのは加納信夫だった。

「青柳どの、とうとう見つけたぞ。一緒に来てくれ」

信夫は興奮した顔で言った。

「おやまあ、そんなに大勢の殿方に雁首《がんくび》揃えられたら、びびっちまいますよ」

女将は長い着物の裾《すそ》をこきみよく足先で払うと、苦笑を浮かべて長火鉢の前に座った。

四肢肉のたっぷりついた女将だった。さすがに城下町にある華街随一の『花月《かげつ》楼《ろう》』の女主、新八郎たち武士数人を目の前にしても、動じた様子は少しもなかった。

「お話は……お富《とみ》さんに聞いたけど、うちにいた紫《むらさき》のことをお知りになりたいとかで……」

忙《せわ》しく火箸を使って炭の熾《お》き具合を確かめ、いきおいよくその火箸を灰の中に突き立てた。

「そうだ。右の、口もとに黒子《ほくろ》のある女で、おひでという。三味線屋の与七《よしち》から、ここにいた女だと聞いている」

宮沢勝之進が自分の口角を指しながら言った。勝之進の目はぴたりと女将の目をとらえている。容赦のない険しい視線だった。

女将はくすりと笑うと、

「なんですよ、敵にでも出会ったような顔をして、野暮なことはよして下さいな。知っていることはなんでもお話しいたしますから」

女将は気分を少し損ねたようだが、

「確かにおひでという娘がいましたよ。紫という源氏名で出ておりましてね、客の評判は良くて手放したくなかったんですが、身請けされちまいましてね」

「どんな男だ。名は？」

「名は、なんて言ってたか……越後かどこかの糸屋の旦那だったかしらね。馬のように長い顔をした人でしたよ」

「馬の顔か」

「ええ、あれにたてがみつけたら馬そっくりだって、紫には悪いけどみんなで笑ってたんですよ」

新八郎たちは互いに顔を見合わせた。

「でも、破格のお金を積まれては手放さない訳にはいきませんのさ」

「いくらだ。いくらで身請けしたんだ」

「二百両ですよ」

「二百……ふん、ずいぶん現金な女だな」

「お金が全てですよ、ここは……紫も身請けされるのを待っていた様子でしたからね」

と言った女将の目が思案して泳ぐ。

「どうしたのだ」

新八郎が促した。

「あの馬面の顔の人は、一度も楼に上がったことがありませんでしたからね。遠くから見て一目で惚《ほ》れたとかなんとか言ってましたが、あれは口から出任せ、誰かに頼まれて身請けしたんじゃないかと思いますね」

「女将、心当たりは？」

加納信夫が、せっつくように聞いた。

だが女将は首を横に振ると、

「紫は本当の身請人のことは承知していたと私は見ましたね」

女将は煙管《キセル》に煙草《たばこ》を詰めるとうまそうに呑んだ。そしてまた、ぽつりと言った。

「そういえば、ホラ、脇街道が中仙道にぶつかるすぐ手前に、昔からの大きな茶屋がありましたっけ」

「それがどうした、『追分亭《おいわけてい》』という茶屋のことだな。中仙道に出る前に旅人が一服するので知られた茶屋だ」

「そうそう、その追分亭で二人を見たという人がいましてね。ここを出て行った翌日のことでしたよ」

「まことか、女将」

勝之進が嚙《か》みつくような口調で聞いた。

「そんな怖い顔しないで下さいよ、だからお役人はいやになっちまう」

煙管の頭を思いっきり火鉢の縁に打ちつけると、勝之進を睨みつけた。


新八郎と勝之進はその足で女将が言った茶屋に向かった。

そこは、街道筋に出る者たちと見送りの者たちが別れる場所で、茶屋は立て場茶屋と呼ばれるもので、飲食も出来るし、また道中に必要な笠《かさ》や草鞋なども売っていた。

「もう今日はおしまいでございますよ」

主は潜《くぐ》り戸から顔だけだして新八郎に言った。時刻は夜の五ツ半にはなっている筈だ。

こんな夜分に何の用かと、主の顔に訝《いぶか》しげなものが浮かんでいる。あからさまに迷惑げな色が浮かんでいた。

「御用のむきだ。悪く思うな」

宮沢勝之進は、ぴしりと言った。

主はびっくりした顔で見返した。表情が一瞬にして変わった。あからさまに迷惑そうな顔をしていたのに、尻尾《しっぽ》を下げて服従を表す犬ころのようになっている。

「二年半ほど前のことだ。ここで、馬面の男と右の口角に黒子のある色っぽい女を見た者がいるんだが、覚えはないか」

「右の口角に黒子の女……馬面ねえ」

主はぶつぶつ復唱している。

「思い出せないか」

「へい」

主は答えてから後ろを振り向き、こそこそと背を丸めて店の外に出てきた。

「すいません。女房に聞かれるとまずいものですから、私は養子ですからね」

声を落として囁《ささや》くように言い、なにごとかと見合わす新八郎と勝之進に決まり悪そうな笑みをくれると、

「あたしもね、あの紫のところに通ったことがありまして」

新八郎は苦笑した。

「ここに馬面の男と現れた時にはもう、びっくりしましたよ。ですからそれ以来、

私はあそこには行っておりません」

「亭主、そんな話はいいんだ。二人のことを聞かせてくれ」

「あっ、そうでした。あの、二人ではありませんでしたよ。三人でしたよ」

「三人？」

「へい。紫と馬面と御武家と」

「何……武士がいたのか」

「へい」

「名前は聞いておらぬか」

「へい」

「どんな顔だった？」

「それが頭巾《ずきん》を被っておりまして」

「そうか、顔を隠しておったのか……」

悔しげに言う勝之進に主は語った。

三人は二階の部屋で長いこと話をしていたようだが、階段を下りて来た時には、馬面と女は裕福な夫婦の旅姿に化けていた。

旅に出たのは夫婦の形をした二人で、武士は二人を見送ると急いで城下に戻っていった。

「あたしゃ悔しくって、それで忘れられないんですよ」

歯軋《はぎし》りする主に、新八郎が聞いた。

「主、その武家だが、顔は覚えてなくても、どんな身なりだったか思い出せないか、なんでもいいんだ」

「それが、紫にばかり気がいっていたものですから、あいすみません」

主はぺこりと頭を下げて戸の内に入ったが、

「お待ち下さい」

ふいに振り向いて言った。

「そう言えば、あの御武家は、鮮やかな下げ緒《さお》をつけておりました。藍《あい》色と黄色の亀甲《きっこう》組、見ようによっては蛇の背中のようにも見えるものでした」

八

これでおひでと鉄心を問い詰めれば、背後で事件を画策した者がわかる。

新八郎と総一郎は、急いで江戸に戻ったが、二人を長屋で待ち受けていた仙蔵から、馬面の鉄心が殺されたと報された。

「殺されたのは三日ほど前です。浜町堀に浮いていやした。肩から袈裟懸《けさが》けに斬られておりやした」

吉野屋に上がるなり仙蔵はそう言ったのだ。

八重がかいがいしく新八郎たちの前に酒の肴を並べながら、心配そうな顔で聞いている。

「刀傷か」

新八郎は脚絆《きゃはん》を解きながら聞く。

総一郎は脚絆のまま、仙蔵の報告に耳をそばだてている。

「へい、一太刀《ひとたち》でした」

「下手人の見当は」

「それが、鉄心は騙《かた》り者でして、これまでにも怪しげな祈禱で金をとられたと訴えが多く出されていやしてね、そんな奴なら人の恨みをかってても仕方がねえってことで、このまま変死で終わらせちまおうって雰囲気なんです」

「秋山さまもそうなのか」

「へい」

「誰だ、鉄心を殺したのは……これで証人の一人がいなくなった」

総一郎は唇を噛んだ。

「落ち着け、まだおひでがいる」

そうは言ったものの、鉄心殺しが二年半前の事件と繋がりがあるのだとすれば、おひでの命も危ないのではないか。二人が殺されれば、新八郎たちが国元に足を運び、探索して得た証拠話は水の泡となる。総一郎の苛立《いらだ》ちもわからないわけではない。

なにしろ、夫婦者は最初から総一郎たちを狙っていたものだと推断できる。

順に事のなりゆきを並べてみると、おひでこと紫が身請けされたのが、総一郎たちの出立五日前だったこと、またその後おひでが茶屋で目撃されたのが四日前だった事がわかった。

江戸の上屋敷への香炉運搬は、決定から出発まで十日を要しているから、十日後の出発日にあわせて紫を身請けし、出立の直前に茶屋で入念な打ち合わせに及んだことは明白だった。

真の黒幕は定かではないが、直接二人に指示を下したのは茶屋で一緒だったという武士だとわかっている。その武士とは、富畑藩の者に違いなかった。

ここまで探索してきて、おひでも殺させる訳にはいかないと思ったその時、

「無事だったか、遅くなってすまぬ」

多聞が現れた。

「参ったよ、おひでが帰してくれんのだ」

ほとほと困った顔をして多聞は座った。

「鉄心が殺されてからというもの、外にも出なくなったんだ。家の中で震えている。俺にはその理由は言わぬが、おひではな、きっと次は自分じゃないかと怯えているのだ」

多聞は手酌でぐいぐい飲みながら言った。

「多聞、古着屋は何者だ。おひでがたびたび通っていると言っていたな。しかも店の中に入ると一刻も出てこないと……古着屋を調べてみたか」

「それならあっしが」

側から仙蔵が膝を乗り出した。

「実は襖《ふすま》を張り替えるってんで、あっしは表具屋の手伝いという事で中に入りやした。初めのうちは主は出てこないで、手代がああだこうだと注文つけやしてね。これじゃあせっかく入りこんだのにとがっかりしていましたら、おひでがやってきた

んですよ」

待ってましたといわんばかりの口ぶりで胸を起こした。側から多聞が口を添える。

「俺は蕎麦屋で待ってたから何も知らぬが、後から聞いて驚いた。古着屋の主とおひではいい仲だっていうのだ」

「何」

新八郎が仙蔵に視線を戻すと、仙蔵は頷いて言った。

「主が奥から出てきやしてね。これが鷲鼻《わしばな》の男で、目が鋭い。申しわけないが明日出直してくれと表具屋の者は追い払われたんだが、あっしは隙を見て縁の下に忍び込みやしてね、二人の話を聞きやした」

仙蔵の話によれば、仙蔵が縁の下に隠れ込んだ時には、おひでが主に恨み言を並べているところだった。

「いつまでこんな面倒な逢瀬《おうせ》を重ねなきゃならないの。すぐにでも一緒になるって言ったじゃないの」

おひでに責められて主がいうのが聞こえた。

「まあ待て、もう少しの辛抱だ」

「それぱっかり……本当は女房のところに戻りたいんじゃないのかしらね。後悔してるんでしょ」

「馬鹿な、そんな事ならこんな大それた事をするもんか。お前と一緒になりたいばかりにお方様の言いなりになったんだ。そして俺は国を捨て、女房子供を捨て、武士を捨て、俺自身も捨てたんだ」

「だったら……」

おひでが鼻声を出して主に迫っているのか、畳の擦《こす》れる音がしたが、

「いいか、近頃あいつが俺を脅しにきているのだ。俺たちの近辺をかぎまわっている奴がいる、身の危険を感じている、江戸から出たいなどと言ってな」

「誰かしら」

不安な声をおひでは出した。

「お方様の意を受けた追っ手かもしれぬな。しょせんわしらは御用ずみだ。それとも反対派の家老の一派か……あるいは国を追放されたあの男かもしれぬ」

「旦那……そういえばあたしを尾け狙っている者がいるって言ったでしょう。今は用心棒に来て貰っているけど」

「用心棒に越した事はない。おまえもしばらくここにも来ない方がいい」

「あんた……」

おひでは泣き出しそうな声を上げた。

仙蔵は息を殺して、この一部始終を聞いていたというのであった。

「仙蔵、お方様と、主はそう言ったのだな」

「へい、旦那、あっしの耳は千里の先まで聞きわけられるんじゃねえかって思えるほど、はっきりと聞いておりやす」

新八郎と総一郎は険しい顔をして見合わせた。

「お方様とは……お美与の方のことか」

多聞が口を挟む。

「一筋縄ではいかぬ事件だぞこれは……楽斎様に相談してからの事だな」

同意を求めるように新八郎が総一郎を見た。総一郎は顔面蒼白《そうはく》で握りしめた拳がぶるぶる震えている。

「総一郎、どうした」

多聞が言ったが、総一郎はそれには答えず青い顔をして飛び出して行った。

まもなくの事だった。

月に照らされた古着屋の表に総一郎が現れた。

総一郎は、閉ざされた店の表を睨みながら呼吸を整え、刀の下げ緒を引き抜いた。そしてそれを襷《たすき》にして刀の柄をぐいと持ち上げてから表戸にゆっくりと近づいた。

「開けろ、亀屋。戸を開けろ」

執拗《しつよう》に叩いていると、コトリと音がして潜り戸が開き、若い男が顔を出した。

「主はいるか。ここでは利兵衛と名乗っているらしいな」

総一郎は言った。胆《きも》を据えて来たつもりだが、足が震えているのがわかる。

「どなた様で」

怪訝な顔を向けた若い男に、

「矢越と伝えてくれ。矢越総一郎だ」

わかりましたと若い男は顔をひっこめたが、すぐに顔を出して、

「旦那様は心当たりはないとおっしゃっております。お引き取り下さいませ」

にべもない返事をして戸を閉めようとした若い男が、

「ひぇ」

目を剥《む》いた。

総一郎の小刀が男の首に突きつけられたのだ。

「退け」

若い男を払いのけて中に入ると、

「よく、ここに俺がいるとわかったな」

手燭《てしょく》を持った男が待ちかまえていた。男が左手に提げているのは刀だった。目を凝らして見て、その男の顔が手燭の灯りの中に浮かび上がった時、総一郎は息を呑んだ。

男は風穴で自裁したはずの鵜飼圭蔵だったのだ。

「やはりそうか、まさかとは思っていたが……女と一緒になりたいために世の中を欺き、私を窮地に陥れたとは。卑怯《ひきょう》な人だ」

「なんとでも言え」

鵜飼は見下ろすように総一郎を見て、ゆっくり土間に下りてきた。

「おひでを身請けしたい、だが金がない。そんな時にお美与の方から香炉を江戸に運んで欲しいと頼まれたのだ。ただし、道中で何者かに奪われるという筋書きでな。俺はその話に乗った。そして三百両と引き替えに何もかも捨てた。俺が責められるいわれはない」

鵜飼は手燭を棚に置いた。その目はしかし、総一郎から一瞬も離していない。

「香炉はどこだ」

「うるさい、なぜお前を俺が相棒に選んだのかわかっているのか。お前は剣術がからきしだったからだ。ふっふっ、表に出ろ」

「………」

手に刀の柄をつかんだまま、総一郎は鵜飼の気迫に圧《お》されて後ろに下がる。

鵜飼が左手につかんでいた刀を鞘《さや》ごとぐいと突きだして来た。

総一郎は慌てて後ろに下がった。

刹那、戸板と一緒に総一郎は大通りに背中から落ちた。

「あっ」

慌てて起きあがろうとした総一郎に、鵜飼の鬼のような顔が迫って来た。鵜飼は鞘から刀を抜くと、鞘は後ろに捨てた。

転げた鞘の下げ緒が総一郎の目に止まった。

藍色と黄色の亀甲組の下げ緒だった。

「そうか、あの茶屋でおひでと馬面を夫婦者に仕立てたのも、おぬしだったのか」

「今頃気づくとは間抜けな奴」

鵜飼の刃がきらりと光った。

総一郎は慌てて刀を抜こうとしたが、抜けない。鵜飼の剣がうなりをあげて落ちてきた。

目をつむった総一郎の耳に、激しく刀の撃ち合う音が聞こえてきた。

「青柳殿……」

鵜飼と対峙《たいじ》しているのは、新八郎だった。

「矢越」

呼ばれて首を回すと、薄闇の中に多聞と楽斎と仙蔵が近づいて来るのが見えた。

「自分の腕を考えろ、新八郎が気づかなかったら、今頃お前は斬られていたぞ」

多聞が総一郎の腕を引っ張って起こした。

「うお」

獣のような声があがったと思ったら、鵜飼が新八郎に飛びかかったところだった。

新八郎はひらりと躱《かわ》すと、鵜飼の腕に小手を打った。

鵜飼の手から刀が落ちた。蹲《うずくま》る鵜飼の首に新八郎の剣先が突きつけられた。

「お前を殺す訳にはいかぬのだ。仙蔵」

「へい」

仙蔵は勇ましい声を上げると、鵜飼に縄をかけた。

「矢越……」

楽斎が近づいてきて総一郎に手を差し伸べた。

「楽斎さま、ご、御家老」

総一郎は腰を抜かしたまま男泣きに泣いた。


「ち、父上……父上！」

長屋の路地に、貢の嬉しそうな声が漏れてきた。

「苦労させたな、終わったぞ。私の汚名は晴れた」

感無量の総一郎の声も聞こえた。

「あなた……」

「那津、貢……」

親子の手をとりあう様子を背に、新八郎は木戸に向かった。

「だ、旦那、何か言ってあげないいんですかい」

仙蔵が追っかけて来る。

「いいんだ、俺たちはもうあの一家に必要ない」

「でも」

長屋を振り返った仙蔵の耳をひっぱって新八郎は言った。

「蕎麦でも食うか、俺が奢るぞ」

「さいですか、じゃあ吉野屋にでも連れてって下さい」

二人は背を並べて木戸を出た。

鵜飼に縄をかけたのは昨夜のこと、鵜飼は即刻富畑藩の上屋敷に楽斎によって引っ立てられた。むろんおひでも同じこと、これから長い取り調べが始まるのだ。そして全てが明らかになる。

結末は楽斎や総一郎に不利なものではない筈だった。

「妻子としばし長屋で待て、そのうちに使いをやる」

楽斎は総一郎にそう言ったのだ。

貢が以前と同じようにしゃべれるのもまもなくに違いない。

楽斎から貰った多額の手当を懐に、新八郎と仙蔵は師走の雑踏の中に出た。

# 第三話　雪燈

## 一

新八郎は長い間夢うつつで、菜を刻む音や土間を歩く下駄の音を聞いていた。

昨年末から、志野の母親の消息を得るために、ずっと神社や寺を回ってきた。むろん命をつなぐための口入れ屋の仕事をしながらの話だから、相当疲れはたまっていたが、神経の高ぶりに身を任せて、雨風はもちろん雪の日も社寺を回った。

果たして、正月の気分も去った数日前のこと、雪道に足を濡《ぬ》らして帰宅し、悪寒《おかん》を感じて床に入ったが、そのまま眠り続けていたようで、目が覚めた時には、枕もとで八重や仙蔵が心配そうに覗《のぞ》き込んでいた。

驚いて体を起こそうとしたが節々に痛みが走り、頭も重く、新八郎は二人に押さえつけられるようにしてそのまままた横になった。

仙蔵の言葉によれば、自分は熱を出して丸二日というもの寝込んでいたらしい。幸い八重が異変を知って、すぐに医者を呼んでくれたらしく、大事には至らなかったという事だった。

「旦那、鬼の霍乱《かくらん》でございやすかね」

仙蔵は笑ってみせたが、二人には相当心配と世話をかけたようだった。

「もう少しお休み下さい」

八重の言葉に甘えて、新八郎はまた薬を飲んでまどろんでいたのである。

「あら、目が覚めましたね」

前垂れで手を拭きながら八重が来て枕元に座った。そして手を伸ばして新八郎の額に掌《てのひら》を当て、にこりと笑みを浮かべて言った。

「もう大丈夫、本当によかったこと」

八重は愛おしげな目の色で見下ろしていた。頬《ほお》には恥じらいも見せ、一瞬新婚の折の香りに包まれているような感じがした。

そう言えば夢うつつで、八重に抱き起こされて薬を飲んだような記憶もある。

女の柔らかい胸が頬に当たって、これは乳房ではないかと思ったが、やはりあの胸は八重の胸だったのかと今にして思う。

「世話になったようだな。すまぬ」

新八郎は、八重に綿入れの上着をかけられながら体を起こした。

「ご無理をなさらないで下さいませ。今お食事の用意をしております。そろそろお目覚めではないかと思いまして、お粥《かゆ》を炊いてありますから」

八重はかいがいしく台所に立った。

新八郎は、しばらくぼうっとして八重の後ろ姿を見詰めていた。

浅黄色地《あさぎいろじ》に庵木瓜《いおりもっこう》の小紋を着ているのだが、襷《たすき》をかけているから白い二の腕が眩《まぶ》しい。

首は細く、その首に髪一本の乱れもない。襟足が美しい人だと思って見ていると、ふいに八重がこちらを向いたから驚いて視線を外した。

八重はにこにこして側に来ると、

「これでお顔をお拭き下さい。さっぱりしますよ。お粥、運んで参りますね」

新八郎に熱い湯に浸して絞った手ぬぐいを渡して台所に引き返した。

そして新八郎が顔や腕を拭いている間に、膳《ぜん》の上に粥と梅干しと半熟の玉子、味《み》噌《そ》汁《しる》を並べて運んできた。

「たくさん食べて元気になって下さいませ。お医者様も熱が下がればもとに戻るのは早いといっていましたよ」

「すまぬ、いただきます」

久しぶりの食事は、新八郎の胃をびっくりさせたが、箸《はし》をすすめていくうちに元気が漲《みなぎ》ってくるのがわかった。

新八郎は夢中で食べた。ひとあたり平らげた時だった。

「おお、さむさむ」

冷たい風と一緒に飛び込んで来た者がいる。

仙蔵だった。仙蔵は戸を閉めて振り返ると、

「良かった、旦那《だんな》、元気になったようですね」

ほっとした顔で土間に立った。外は余程寒いのか、仙蔵の鼻は赤い。

「仙蔵、お前にも随分世話をかけたようだな」

新八郎が礼を告げると、

「なんの、八重さんのお陰ですよ。八重さんがいてくれなかったら、あっしはこれで忙しくて、十分に旦那を看病なんて出来なかったんですから」

仙蔵は腰の十手をぽんと叩《たた》いた。

八重は照れくさそうな笑みを新八郎に送ると台所に向かった。

「顔色もすっかり良くなりやしたね。だったらいいかな」

側に座った仙蔵が新八郎の顔を覗く。

「何だ、何が言いたいのだ」

「旦那に一つお聞きしたい事がありやしてね。旦那は、八巻澄代《やまきすみよ》ってえ塾の先生をご存知ですか」

仙蔵は八重が運んできた湯飲み茶碗《ぢやわん》を取り上げて両手に包んだ。思わず、

「あったけえ」

呟《つぶや》く仙蔵に、八重は笑みを送って自分のお茶も淹《い》れて、離れて座った。

「いや、知らんな、覚えがない」

「さいですか。長者町で『遊学堂』ってぇ小さな手習いの塾を営んでおりやしてね」

「長者町……」

新八郎は記憶を呼び起こそうとした。

長者町といえば、志野が養父の狭山作左衛門と住んでいた町だ。

家はすでに跡形もないが、新八郎は志野の義弟に当たる弦之丞《げんのじよう》が描いてくれた地

図を頼りにそのあたりをうろついた事がある。

だが、そのような塾の話は聞いた事はなかったし、あの時目にも留まっていない。

仙蔵は新八郎が視線を戻すのを待って言った。

「実はですね、その遊学堂の澄代先生が、旦那の名前にいたく興味を持ったらしくて、一度引き合わせてくれないか、そうおっしゃるものですからね」

新八郎は次の言葉を待った。志野につながる話に違いない、そう思うと心が高鳴った。

だが仙蔵は、新八郎の逸《はや》る気持ちを抑えるように、

「旦那のお内儀のことなのかどうか、あっしもそこまでは聞いておりやせん……ですが、長者町はお内儀さまが住んでた町と聞いています。何かひとつの手がかりでも話に出てくるかもしれないと思いやしてね」

慎重な言い回しをした。

仙蔵の言う通りだった。どんなに些細《ささい》な話でもいい。志野の行方につながる話が聞けるのなら今すぐにでも出かけて行きたかった。

仙蔵にその意志を告げると、仙蔵は茶を飲み干してから、澄代と知り合った経緯をざっと話した。

「まだ、長谷の旦那が生きていなさった時ですが……」

長者町の味噌醤油屋に空き巣が入ったという報せがあって近辺を探索することになった。

仙蔵も手分けして町に聞き込みに入ったのだが、遊学堂がある横町の路地で、ばったり見覚えのある悪ガキに会った。

「へえ……今日は唐辛子売りじゃねえのか」

悪ガキは、以前仙蔵が唐辛子の張形を被って商っていた頃の事を知っていて、からかってきた。

「その口のきき方はなんだ。おめえ、確か勘太《かんた》とか言っていたガキだな」

仙蔵がやりかえすと、

「ふん、覚えていてくれたかい。おいらは勘太、そしてあんたは確か、仙蔵だったよな。とうがらしが売れねえんだ、どこか買ってくれるとこはねえかって、おいらに泣きついただろ」

「ちぇっ、やな事覚えてやがる」

「気の毒でよ、なんてとんまな生き方してるんだって思ったものさ」

いっぱしの口をきくが、勘太はいま十二歳の筈《はず》だ。図体ばかりが大きいから、外見は十五、六歳に見えるがまだ子供だ。

「俺は今はとうがらし売りじゃねえよ、十手持ちだ。調べたいことがあってやって来たんだ」

いいところを見せようと仙蔵は十手を見せた。

ところが勘太はげらげら笑って、

「またそんな物出してきて、どこで拾ってきたんだい。あの張形はどうしたい……あっちの方が似合ってるぜ。気取ったって十手は似合わねえよ。なあ」

側にいたもう一人の悪ガキとくすくす笑ったから、仙蔵はかっとなった。

「ちくしょう、てめえ、大人に向かってなんてこと言うんだ」

勘太の胸ぐらをつかんで拳《こぶし》を振り上げた。だがその時だった。

「お待ち下さい。その子は私の塾の子です。どうぞご勘弁下さいませ」

垣根の向こうから、五十前後の上品な女が声をかけてきた。

それが塾の先生の澄代という人だった。

澄代は勘太に、大人をからかってはいけません。まして唐辛子売りを蔑《さげす》むような口をきくことは絶対してはいけません。一生懸命働く、それはとても尊いことです。勘太ちゃんも大人になったらわかりますよ。

澄代は勘太を厳しく諭して家に帰した。そして仙蔵にうまい茶を出してくれたのだ。

それ以来、仙蔵は子供たちに土産《みやげ》を持ってたびたび澄代の所に立ち寄るようになった。

勘太ももう仙蔵をからかうような事はなくなった。

「ごめんよ、仙蔵さん。おいらのおとっつぁんも日傭《ひよう》とりでおいらたちを養ってくれてるんだ。おっかさんが稼ぎが悪いって、いつもおとっつぁんに文句を言ってる。おいらもそれみていらいらしてたんだ。おとっつぁんがもう少し、人も認めてくれる稼ぎのいい仕事につけないものかと思ってな。そしたら、仙蔵さんとそっくりだと思って、つい」

勘太はそう言って、べそをかいて謝った。

澄代の話では、勘太は父親に文句を言う母親にもひとこと言って父親を庇《かば》ったらしく、勘太の母親が澄代に子供に教えられましたと言っていたらしい。

澄代に出して貰《もら》ったお茶を飲むのも楽しみだが、そう言った話も含めて四方山《よもやま》話《ばなし》にいっとき花を咲かせて帰って来るのだが、数日前にこの浄瑠璃長屋の話をした折に、頼りにしている青柳新八郎という浪人がいるのだと打ち明けると、

「もしやその方は、陸奥国《むつのくに》の平山《ひらやま》藩のお方では……」

澄代は突然顔色を変えて聞いてきた。

仙蔵が怪訝《けげん》な顔で頷《うなず》くと、

「是非にもお会いしたい、私の知っている青柳さまなら是非お話ししたいことがあるのです」

澄代はそう言ったというのである。

「ですからあっしは、旦那が元気になったらって思っていたんですが……」

新八郎は明日にでも会ってみたい、そう仙蔵に伝えて帰した。

——やはり話は志野のことかもしれない。

新八郎は咄嗟《とっさ》にそう思ったのだ。

八重も帰って一人になると、新八郎はまた横になったが、頭の中を巡るのは澄代という女が何を話してくれるかという期待と不安だった。

私の知っている青柳さま、とはどういう事か。こっちには心当りはないが、向こうは知っているということか。

何もわからないまま夜になっても眠れなかった。目を瞑《つむ》っても、志野の姿が浮かんでくる。

志野は、瓜実顔《うりざねがお》の優しい面差《おもざ》しをした女だった。江戸育ちで一見華奢《きやしや》に見えたが、しかしどうして、なかなかの女丈夫で、田舎育ちの女も顔負けするほど良く働いた。屋敷の裏庭には菜園を作り、下男の杢平《もくへい》に手伝わせて、結構いろいろな野菜を作っていた。

時折新八郎も非番の日には手伝ったが、草を抜く手元を止めて腰を起こすと、朝の光を浴び、白い襟足に浮き出た汗をそのままにして野菜の手入れをする志野の姿が目に入った。

志野の襟足に銀色に輝く汗は美しかった。新八郎は思わず息を呑んだこともある。手足が泥まみれになろうが頓着ないような志野の丹精振りに、杢平がはらはらして止めた事もあったのだが、志野は笑って応えるもののけっして止めることはなかった。

思いこんだらやり抜くあの精神は、きっと父親の玄哲ゆずりだったのかも知れないと、今になってみると新八郎は思う。

そういう気丈夫な女が、夜になると新八郎には従順だった。

闇の中で新八郎がそれとなく誘うと、志野は静かに従った。抱きすくめると志野は新八郎を見上げてきたが、その目は黒々と光を放ち、愛おしげに震えていた。

新八郎の掌にはいまだに志野の乳房の感触が残っている。新八郎の掌に志野の乳房はすっぽりとおさまったたし、しっとりとしていて、吸いつくような感触があった。外観からは想像もつかないほど腰の肉もついていた。くびれていて弾力があった。首の白さ、のけ反った時のおとがいのなまめかしさ、感極まった時に上げた小さな声……こうして闇を見据えているとひとつひとつ思い出されて来る。

新八郎は起きあがった。そして行灯《あんどん》に火を入れた。

血が騒いで眠れなかった。

台所に立って水を飲み、

——頭を冷やせ。

柄杓《ひしゃく》を置いて大きく息をついた。

その目に、用意した膳が置いてあるのに気がついた。白い布巾《ふきん》がかかっている。

布巾を取ると、朝食です、と八重の文字があった。

粥は温めれば良いようになっていて、皿には茹《ゆ》でた玉子、小魚、梅干しなどが添えられていた。

——八重どの。

二

新八郎が仙蔵と長者町に向かったのは、二日後のことだった。

雪は止み、雪解けでぬかるんだ道を、二人は足下を濡らさないように気をつけて歩いた。

神田川に架かる新《あたら》シ橋を渡りながら川縁《かわべり》に目をやると、まだところどころに雪は残っていて、陽の光を浴びて溶け出した雪肌は、きらきらと輝いていた。

遊学堂の庭の隅にもまだ雪は残っていて、赤い南天の実が白い雪に映え、いっそう瑞々《みずみず》しく見えた。

灯籠《とうろう》の側には子供たちが作ったのであろう雪だるまが、溶けかけて汗をかいたような顔に見えるのも微笑ましかった。

澄代は、お茶を運んできて座ると、新八郎の顔をまじまじと見て、

「あの時と少しもお変わりなく……私のこと、覚えていらっしゃらないようですね」

にっこりと笑った。

怪訝な笑いを新八郎が澄代に返すと、

「志野さんが祝言を挙げる前に、江戸にご用で参られたあなたと、上野の山の桜見物をなさいましたね」

「あっ」

新八郎は思わず声を上げた。

そういえば、そういう事もあった。

国元からの使いで出府していた新八郎は、帰国までのひとときに、すでに婚約していた志野と花見をした事があった。

あれは、どの辺りだったろうか。そぞろ歩きながら、

「これは吉野だな。吉野といえば奈良の桜は見事だと聞いている」

受け売り言葉を新八郎が並べると、志野は少し考えてから、

「でも、いまここで見るこの桜が、わたしには一番美しいように思います」

はにかみながらそう言ったのだ。

新八郎はその言葉に舞い上がった。次は何を話そうかと考えている時に、上品な婦人が近づいてきて、志野に声をかけたのである。

志野は、新八郎を振り向いて、この方が、許嫁《いいなずけ》の青柳新八郎だとその婦人に告げ

たのだった。

新八郎はその婦人に小さく会釈を返したが、その人が、今目の前にいる塾の先生だったというのだろうか。あの時の婦人と比べると一回りは太って見える。

だが、優しそうな長い睫《まつげ》を持つまなざしと、きゅっと引き締めた口元を見ると、あの時の婦人に間違いなかった。

澄代は、新八郎が気づいたのを受け止めて頷くと、

「あの時、私があなたにお会いしたのは、実は偶然でもなんでもありませんでした。志野さんは、お小さいころから私の塾でお勉強をして育ちました。とても優秀なお子さんで、志野さんだけ別に特別講義をしてきました。お勉強に熱心で一日も休んだことはございませんでした。そして、わたくしを母のように慕ってくれましたし、わたくしも娘のように思っておりました。そんな志野さんが婚約なさったと聞いてまもなくのことでした。あなたが江戸に出てきていらして、お花見に行くのだと聞きましてね。私は是非お会いしたいものだと考えておりました。お嫁に行くと知りましてから、とても心配でした。どういう方なのか、この目で確かめたいと思ったのです。それで、失礼ながら品定めを買って出たという訳です」

「…………」

新八郎は驚いた目で澄代を見た。

側で仙蔵がにこにこ笑って聞いている。

「だから私、あの時三人で茶屋に入りましたでしょ。そして志野さんがお菓子の注文をするために席を立った時に、あなたにお尋ねしたのです」

澄代は新八郎の顔を覗いた。

「思い出しました」

新八郎は言った。確かその時澄代は、

「志野さんは江戸育ち、そちらのお国に参れば一人ぽっちです。どうかしっかりと支えてあげて下さいませ」

そう言ったのだ。

新八郎がその時言われた言葉をなぞると、澄代は嬉しそうに、

「はい。そしたらあなた様が、むろんです、約束しますと力強くおっしゃいました」

そうだった。そういう事を口走ったと、新八郎は頷いていた。十年も昔の話だが、こうして澄代と話していると、あの時の光景が生き生きと甦《よみがえ》ってくる。

あの時の新八郎は、幸せとはこういうものかと、そこに居る幸せを味わっていた。

「わたくしはね、あの時、思いましたよ。このお方なら安心だと……」

澄代はじっと見詰めてきた。

「…………」

「でも、久しぶりにここに現れた志野さんを見て、私は声も出ませんでした」

「志野がここに……」

やはりそうかと驚いて澄代の顔を見返すと、澄代は頷いて言った。

「痩《や》せて、頬がこけて、髪は乱れて、着ているものは泥と埃《ほこり》にまみれておりました。昔の志野さんとは思われないほどのやつれようでした」

澄代は、ほんの一瞬だが、目の前にいる人が、まさか志野とは思えなかった。

「志野さん……志野さんですね」

聞き返したほどだった。

「先生」

志野はそこに頽《くずお》れた。嗚咽《おえつ》を漏らして泣くか細い肩は、紛れもなく志野だった。

澄代は土間に下りて志野の肩を抱いた。

「しっかりなさい、志野さん」

志野の体は痩せていた。着物を通して感じる骨々しさに、澄代は言葉を失った。

澄代は志野を抱きかかえるようにして上にあげ、湯浴《ゆあ》みをさせて着替えさせ、台所を任せているおよね婆さんに食事を用意させた。

志野は食事を終えると、澄代にこれまでの一部始終を打ち明けた。そして、しばらくここに置いてくれないかと頭を下げたのだ。

澄代は、いくぶん頰に血の気《け》が戻った志野の顔を窺《うかが》いながら言った。

「志野さん、何はともあれ、あなたの身に起こった災難を、夫の元に帰ることが出来なくなった顚末《てんまつ》を、まずは新八郎様に打ち明けることが先ではないでしょうか」

だが志野は、いかに自分が至らない嫁として一家眷族《けんぞく》から見放されているかを語った。

跡継ぎとなるべく一子を事故で失ったことは、母として嫁としてその責任は、どのような言い逃れも出来ない。事故そのものが母親志野の不行き届きな育て方にあると非難されている。しかも二番目の子に恵まれる気配がないと知って、しょせん江戸育ちのわがままな強情な嫁という白い目でみられている。

「そんななかで夫に無断で出奔《しゅっぽん》した私です。すぐには帰れないとわかって手紙をお百姓に頼みましたが夫から音沙汰はございませんでした。夫は怒っているに違いありません。無理もありません。公儀に追われている父を看病していたのですから、それだけでも夫の立場がどうなるか……そうしてついには人を傷つけてしまいました。もう、嫁ぎ先に帰れるわたくしではないのです」

志野はせっぱ詰まった顔でそう言ったのだ。

志野の気持ちがわかるだけに、澄代はそれ以上のことを問い詰めることは出来なかった。

ただ、澄代は思った。夫の新八郎が眷族たちに同調するだけの無理解な夫だろうかと。桜見物の折出会っただけだったが、澄代は新八郎の人がらに確信をもっていたのだ。

志野にその事を伝えると、志野も「私も夫だけは信じていてくれる、そう思っています」というのであった。

そこで澄代は、体が回復したら、なるべく早く新八郎と連絡をとるようにすすめ、志野も納得していたのだが、皮肉なことに夫のもとに旅立とうとすると熱を出したりして、

「それから一年、志野さんはここで暮らしておりました」

と言うのであった。

「志野がここで……」

新八郎は驚いて膝《ひざ》をつかむと、

「では今志野は……」

どこにいるのかと尋ねたが、澄代は首を横に振ってから空しげな表情を見せた。

「申しわけありません。何処に暮らしているのか、わかりません」

心細い答えが返ってきた。

「……………」

「一年ほどここにいて私の仕事を手伝ってくれていたのですが、突然暇《いとま》乞いをして、行き先も告げずに出て行ってしまいました。ひょっとしてあなたの元に戻って一緒に暮らしているかもしれないと思って、私、あなたのお国にすぐに使いをやりました」

「すぐに……すぐとはいつ頃のことですか」

それが本当なら、まだ自分は国元にいた頃だ。

新八郎は唖然《あぜん》とした。

「ところが、私が送った使いの者は、玄関口で母上様に追い返されたようですよ」

「母上が……」

「はい。詳しい話も聞かないうちに、志野などという名の女子《おなご》は、青柳家にはおりませんし関係ないと……」

「………」

「話も聞きたくもない。お引き取り下さいと……」

「………」

「困った使いの者は、しばらく表であなたのお帰りを待っていたようなのですが、あなたの姿は見えなかった。それから三日ほど朝晩の登城の時刻、下城の時刻、家の前で見張っていたようですが、お会い出来なかった。無駄だったようです」

「そうですか、多分私が城中に詰めていたことがありましたが、きっとその時だったのでしょうな」

新八郎はそう言ったが、全身から力が抜けて行くようだった。

殿様が熱を出し、小姓組と納戸組の者がかわるがわる城に詰めたことがあった。使いはその時来たという事になる。

「私は帰ってきた使いの者からその話を聞きましてね、ああ、あのご亭主までもそうなのかと、それなら志野さんの気持ちも今更ながらわかると思いました。ところがついこの間のことですよ。仙蔵さんの話を聞いているうちに、あなたがご浪人になってまで志野さんをお捜ししていらっしゃるのだと聞きました。そういう事なら、とにかく、私が知っている志野さんの事をお話ししておいた方がよいかと存じましてね」

澄代はそう言ったのだった。

だが、澄代は志野が突然自分の元から去って行った事に、戸惑いを覚えていたのである。

一年も一緒に暮らしていたのだ。理由も告げず、行き先も告げず、志野は出て行った。志野の境遇に同情して世話をしてきた澄代には、情けない思いだったに違いない。

──ただ……。

新八郎は立ち止まって考える。

あの志野が、あの志野の性格で、世話になった人に何も告げずに去って行くというのには、澄代には言わなかったが、何か事情があったのではないか。

新八郎は、枯れ色になっている上野の桜道に立って考える。仙蔵は秋山与力によばれているとかで澄代の家の前で別れたから、桜道に来たのは新八郎ひとりだった。

辺りには一面花も葉もない冷風に晒《さら》されている桜の枝が揺れている。

目を凝らして見てみると、その枝に無数の固い蕾《つぼみ》が見える。枝は枯れている訳ではなく、紛れもなく息づいている。

そう思ってここに立ってみると、新八郎は微《かす》かな希望がもてるような気がしていた。

志野とここに来た頃には、この上野のどのあたりを歩いていたのか定かではなかったが、今はこの場所に立っているだけで、一足飛びに昔のあの場面にいるような気がしてくる。

着飾った人が大勢歩いていたし、桜の木の下では弁当を広げている人も多く、食べ物の屋台も出ていたりして、江戸の花見の賑々しさと、その場所に志野といる至福を味わったひとときだった。

「新八郎殿、志野を頼む。そなたの手で幸せにしてやってくれ」

義父作左衛門《さくざえもん》の声も聞こえる。

その志野を十分に庇ってやれず追い詰めていった責任は自分にある。

人は、逃げた女房捜しのために職を捨てるのかと笑うだろうが、ただ単に妻恋しさに志野を捜しているのではない。

志野を捜し出し、これまで曖昧模糊《あいまいもこ》としてきたものに決着をつけなければ、自分のこの先の人生はないように思うのだ。

——その志野は、この江戸にいる。必ず捜し出してみせる。

新八郎は大きく息をつくと踵《きびす》を返した。


再び新八郎は、御府内の寺社を巡りはじめた。

大槻壮介が教えてくれた団子屋を探した。

他に手がなかったし、澄代が話してくれた話の中に、王子稲荷《いなり》と志野の母親との話が出てきたことも、寺社巡りを後押しした。

澄代の話というのは、志野から聞いた話だった。

それは、新八郎との婚約が整った志野が、養父の作左衛門と王子稲荷に参拝した時の話だった。

作左衛門は、志野の婚家での幸せを願って祈禱《きとう》を頼み、帰りに飛鳥《あすか》橋近くにある『海老屋《えびや》』という料理屋で親子水入らずで食事をしようということになった。

祈禱が済んで作左衛門が神職と話をしている間、志野がひとり神殿を出てきて長い石段を下り、境内の出店を見ていた時だった。

団子屋のおかみさんが話しかけて来た。

「しっかりとご祈禱していただきましたか」

「はい」

と志野は返事したものの、妙にそのおかみさんに親しみを感じたというのである。理屈では解けない、一瞬にして相手の心はおろか血肉の芯のところで繋がっているような、血の騒ぎを覚えていた。

「よかったこと、きっと幸せになりますよ」

おかみさんはそう言った。心から発した言葉のように思えて、それが嬉しくて、つい口が滑った。

「ありがとうございます。父がお嫁に行く私を心配してお参りにきたのです」

それほどおかみさんの言葉には優しい気持ちがこめられていると思ったのだ。

「それはそれは、じゃあ今度は旦那様と一緒にお参りにいらっしゃるのですね」

「いいえ、私は遠いところに参りますから、もうここにお参りすることはございません」

「まあ……」

おかみさんは絶句した。そして、

「それは残念なこと」

寂しげな表情を浮かべると、すぐに慌てて団子を包んで志野の手にむりやり押しつけた。

「私のお祝い、お幸せに……」

じっと志野を見詰めてきた。

「あの、でも、これは」

団子を押し返そうとした所に、父の作左衛門が下りて来た。

「いただきなさい、志野。わしも小腹が空いた」

作左衛門は団子代をおかみさんに手渡したのだった。

おかみさんの事は、その後も志野は忘れることが出来なかった。

父とおかみさんとは以前から知り合いだったのではないかという思いがずっとあったが、とうとう父に尋ねることも出来ぬまま別れてしまった。

だが今にして思えば、あの人が産みの親ではなかったか。天啓のように浮かんだその思いは、実父玄哲の存念を知った時、鮮やかに甦ったのだ。母親を捜し出し、父の遺言を伝えてやりたい。志野は澄代にそう言ったらしい。

澄代は、ひととおり自分の知る志野の話を終えると、

「新八郎様」

優しげな視線を送ってきた。

「志野さんはあなたをお慕いして時々泣いておりましたよ」

「………」

新八郎は身の置き所が見つからなかった。

「いえ、もちろんね、私の前ではそんな素振りはみせませんでしたが、一人になると寂しそうで、ある時など、ふっと志野さんの部屋を覗くと、あなたの名を呼んで嗚咽を漏らしておりました。帰りたくても帰れなかった志野さんの気持ち、汲《く》んであげて下さいね」

新八郎の耳には、まだ鮮明に澄代の言葉が残っている。

しかしこの日も収穫はなかった。

吉野屋に戻り、一人手酌で酒を飲んでいると、

「旦那、今日も無駄足だったようですね」

ふいに声がして、仙蔵と多聞がやってきた。

「どうせ吉野屋だろうと思って来てみたんだが、まったくしけた顔して、しっかりしろ。明日から俺も手伝うから。ただし、今日はお前のおごりだぞ」

多聞はどかりと座った。

「あっしも手伝えるといいんですが、ちょいと忙しくて、何、事件が片づいたら、

またお手伝いさせていただきやす」

　仙蔵はそう言った。すかさず多聞が、

「仙蔵はいま、お尋ね者を追っているらしいのだ。笑うよな、あのとうがらし売りの仙蔵が」

　けらけら笑った。

「ちっ、多聞の旦那もよく言うよ。あっしの腕を見くびっちゃあいませんか」

「なんだと仙蔵、口答えをしたいのなら、見事お縄をかけてみせろ。だったら信用してやる。お前がいっぱしの岡っ引だとな」

　二人のかけ合いを新八郎が苦笑して聞いていた。たわいもない話だが、二人の気持ちが嬉しかった。

「どうぞ」

　ふいに白い手が新八郎の盃に伸びてきた。八重だった。八重は酒を注ぎながら新八郎に言った。

「下着を縫って置いてきました。風邪をひいては志野さま捜しも中断になります。お使い下さいませ」

三

神田川の土手に蕗《ふき》の薹《とう》が芽吹いていると言い、吉野屋の女たちが総出で菜を摘みにいったと話を聞いたが、風はまだとても寒くて、足下から深々《しんしん》と冷えた。

今日の仕事は、さる藩主だったご隠居が、向嶋の料亭で開かれる茶会に出席するとかで、寒風の中で長い間立ちん坊をして警護についていたからなおさらだった。

志野捜しも口を凌《しの》がなくては続けられない。米味噌が切れると口入れ屋に頼んで臨時の仕事を回してもらっているのだが、正直今日のように屋外だとさすがに堪える。

ただ、拘束される時間が八ツまでだったから、それで金二分というのは破格の値段で、多聞が聞いたらひとこと恨み節を聞かされるに違いない。

新八郎は帰宅すると急いで火鉢の火を熾《おこ》した。継ぎ足した炭に火が熾るまで布団を引っ張ってきて肩からかけ、足袋《たび》を脱いだ。足袋は垢《あか》と湿り気でかえって足を冷たくしている。

新八郎は、足をさすり手をさすりして暖をとっていたが、ふと、部屋の隅に置いてある風呂敷包みに目が止まった。

八重が縫ってくれた綿入れの下着が包みには入っている。先日吉野屋から帰って来て上がり框《かまち》に置いてあった包みを開いて手にとって確かめている。

絹地の袷《あわせ》の下着だった。それに紺地の普段履きの足袋。いずれにも中に薄い真綿が入っているようだが、気づかないほど綿は薄く、上品な仕上がりで、あの忙しい八重がと思うと驚いた。

八重は昼過ぎから夜の五ツまでは吉野屋に勤めている。女将の代わりに帳場を見て仕入れや仲居たちの給金の計算もしているようだから多忙な筈だ。

縫い物をするのはおそらく夜半、薄暗い行灯の灯を頼りに縫ってくれたに違いなかった。

新八郎は、これまでこれほど手を入れた下着を見たことがなかった。母も妻の志野も縫ってくれたが、八重の手には及ばないと思った。

志野が縫い物が下手だというのではない。志野は志野で上手に縫っていたのだが、なにしろお嬢様に育っている。

養母が健在のおりにはお針はお稽古ごと程度で志野の出番はなく、養母が亡くなってからは、おそらく女中が縫ったり手伝ったりしてくれていたようだ。

それにくらべて八重は、田村恒之助《たむらつねのすけ》という家に拾われた人で、嫁いでからもまるで女中のようにこき使われていたというから、下着の縫い方も厳しく言われてきたのかもしれない。

そう考えればなおさら、八重の厚意を暢気《のんき》な顔をして受けてよいものかと、貰った下着を手に逡巡《しゅんじゅん》してしまったのだ。

その根底には、この浄瑠璃長屋の暮らしの中で、八重が自分にどんな気持ちで接してくれていたかを察しているからである。

八重の思いをこのまま受けてよいものかと、新八郎は考えたのだ。

だが、新八郎は手を伸ばして風呂敷包みを取った。

——八重さんは、なにもかも俺のことは承知の上だ。

新八郎は立ち上がって小袖を脱ぎ、古いくたびれた下着を脱ぎ捨て、八重がくれた肌着を着けた。足袋も履く。

女の肌に触れているような絹の肌着の感触は心地よかった。上着を重ねると一層暖かく感じられ、足下も血が通うのがわかった。

新八郎は着替えを済ませると台所に立った。

朝残していた味噌汁に冷えた飯を入れて炊き、それを夕食にしようかと考えていた。そうだ、たくあんもあったのだと思い出して棚の上に手を伸ばす。

現金なもので体が温まると、自然に体が動くものだ。それに、腹が減ってきた事の方が気になりだしたのだ。

竈《かまど》に火を入れて鍋をかけた。附木で火を入れていると、表で覚えのある声がしているのに気がついた。

声は吉野屋の女将、お稲《いね》だった。

「やっぱりいないわね。いったい何処に行ったのかしら」

すると、長屋の一番奥に住んでいる祈禱師のおまさ、本当の名は政蔵という者だが、おとこおんなの裏声が聞こえてきた。

「あたしの覚えでは、昨晩も帰ってきちゃいませんでしたよ。なーんも音が聞こえてこなかったもの。吉野屋さんに泊まり込みかなって思ってた」

おまさの声は甘ったるい。

新八郎は外に出て行った。

「女将、八重さんがどうかしたのか」

「あら青柳さま、ちょうど良かった。八重さん、昨日掛け取りに行ったんですけどね、帰ってきていないんです」

というではないか。

「どういう事だ、話してくれ」

女将を家の中に入れて聞き直すと、

「昨日昼過ぎのことでした。残っていた掛け取りを済ませてくるって出かけて行ったんですよ。帰りは遅くなっても心配しないでとか言ってね……」

ところが昨日のうちには店に戻って来なかった。それで今日は来るだろうと待っていたがそれもない。心配になってここに来てみたら、昨日からこっちにも帰ってないらしい。

「そういえば俺も会ってないな」

「普段だったら辰平《たつへい》さんに供をしてもらっていたんですが、今回は一人でも大丈夫だなんて言うものだから」

辰平というのは吉野屋で力仕事や下働きをしている四十半ばの男である。薪を割ったり樽《たる》を運んだりと、板前の他には女ばかりの吉野屋で、重宝されて使われている。

ただ、滅多に口をきかない男で、時として話す時には、大きな図体に似合わない声でぼそぼそとものをいう。

新八郎なども挨拶《あいさつ》ぐらいしかした事がない。それも、辰平の方は、ぺこんと頭を下げるだけだ。

「まさか、悪い奴に集金のお金を狙《ねら》われて、どうにかなったんじゃないでしょうね」

言ったのはおまさだった。おまさは八重の家に戸口から頭だけつっこんで中の様子を見渡しながら、新八郎と女将の話を聞いていたのだ。

「止して下さいな。滅多なことを」

女将のお稲はそう言ったものの、顔には不安が張りついている。

「いくら掛けはあったんだ」

新八郎の問いにお稲は、

「十両ぐらいかしら」

「女将、掛け取りの先を当たってみよう。腹を満たしたらすぐに行く」

「お八重さんならみえましたよ。ちょっと待って下さい。受け取りを置いていきましたからね」

馬喰町《ばくろちょう》の漬け物屋『小野屋』の番頭は、奥から受け取りの綴《つづ》りを持って来ると、新八郎に見せた。

代金一両三分の受け取りには確かに八重の筆の跡があった。

礼を述べて外に出ると、心配そうな顔をした辰平が待っていた。

辰平は毎回お八重について回っている。店を案内するには便利だと女将が供につけてくれたのだが、歩きながらぼそぼそと何か一人で言っている。何を言っているのかわからないが、八重を案じていることだけは間違いなかった。

「次、行こうか。通油町の『高見屋』だ」

新八郎がそう言うと、辰平はこくりと頭を下げて先に立って歩いた。

八重は高見屋の掛け取りも終えていた。高見屋は小間物屋で、八重はここで化粧液の月の雫《しずく》を買っていた。自分の為に買い求めたらしい。

橘町の酒屋の『松田屋』、富沢町の古着屋『江戸屋』、浜町堀沿いに南下しながら掛けを取っていたようだ。

この堀沿いに八軒ほどの得意先があったのだが、八重はそれを済ませて深川に向かったという事だった。

「いつもと同じ道順か」

新八郎が尋ねると、辰平は振り返って、うんと言うようにかぶりを振った。

新大橋を渡るころには、日は西に落ちるばかりで、大川はすでに黒い影が覆い始めていた。

行き交う船の中には舳先《へさき》に灯を点《とも》したものもあり、渡っていく橋の対岸にみえる家の軒には、灯がつぎつぎに点っていく。

襟を合わせて先を急ぐ人々の中に、もしや八重がいるのではないかと目を配りながら歩いて行くのだが、八重の姿は見えなかった。

深川は清住町に一軒、今川町に二軒の得意先があるのだが、八重はそこもきちんと集金していた。

最後の得意客は材木町の『黒木屋《くろきや》』だったが、ここにも八重は掛け取りに来ていた。

新八郎は、八重が昨日から店に帰ってないのだと告げると、応対に出た内儀は、

「それはご心配ですね。でもいつもと少しもかわりませんでしたよ。そうそう、八幡様の方に回るのだとか言ってましたね」

「八幡……富ケ岡《とみがおか》八幡宮のことだな」

「はい。日が暮れるにはまだ少し早かったですからね」

「誰かと一緒だったとか、そういう事はなかっただろうな」

「ええ、お一人でした。いつもならそこにいる辰平さんが一緒ですよね。昨日に限って一人だったものですから、あら辰平さんはって聞きましたら、忙しくてとかなんとか言ってらっしゃいましたね」

「うそだ、うそだ。あっしは忙しくなかった」

外に出ると辰平がぶつぶつ言ったが、その声はいつもより大きく聞こえて、新八郎の耳にも届いた。

「辰平、何をぶつぶつ言っているのだ」

新八郎は歩みながら辰平の横顔を見た。

「八重さんは嘘《うそ》をついている」

辰平は立ち止まって言った。

「あっしは暇でした。八重さんは、ひとりで八幡に行きたかったんだ。だからあっしを置いて行ったんだ」

恨めしそうに言う。

「時々八幡に行っていたのか」

すると辰平は激しく首を横に振って否定した。

二人は深川八幡に回ってみたが、もうとっぷりと日が暮れていて、出店も人通りもなく閑散としていた。

辰平の腹が鳴った。新大橋まで戻ってきたところだった。

「どこかで蕎麦《そば》でも食べるか、辰平」

新八郎は橋袂に屋台を出している蕎麦屋を指した。

すると辰平は首を振って拒んだのち、蕎麦の屋台の灯りが流れる所にみえる石の塊《かたまり》を指した。そしてここに座れと言った。

石の塊は、腰掛けのように上が平らになっていて、二つある。

「何をするのだ」

こんな川風が上がって冷たいところでと渋々腰をかけると、辰平は懐からねずみ色になった手ぬぐいを出した。

てぬぐいには何か包んである。辰平はそれを嬉しそうに取り出した。竹の皮に入ったおにぎりが二つ入っている。辰平の握り拳ほどもある大きなものだった。辰平はその一つを新八郎に手渡した。

「おまえ、随分用意がいいな」

新八郎は掌にずしりと載ったおにぎりを見て苦笑した。

「どうぞ……お八重さんが」

と辰平は言った。

「お八重さん？」

「あっしは力仕事で腹が減るからって……」

ぼそぼそ言うのを耳をとがらして聞いてみると、辰平は力仕事で腹が減るからと、八重が台所の者に言いつけてくれていて、辰平には食事とは別の握り飯を常に持たせてくれているのだという。

「お八重さんはいい人です」

辰平はそう言うと、うまそうに食べ始めた。

新八郎もかぶりついた。夢中で二人がもぐもぐやってると、

「おや旦那じゃないですか」

二人の顔を覗いた男がいた。

「せ、仙蔵、どうしたのだ、こんなところで」

仙蔵は見知らぬ男と一緒だった。男は四十半ばでいかつい顔をした男だ。

「深川一帯をみていなさる彦次郎《ひこじろう》さんです。例の男の探索で彦次郎さんに手助けをお願えしたものですから」

仙蔵は彦次郎を深川一帯を探索している岡っ引だと紹介した。

「例の男とは、お前が言っていたお尋ね者か」

「へい、こっちで見たっていう者がおりやしてね」

「何をやったんだ、その男は」

新八郎は、無心に握り飯をぱくついている辰平をちらと見て言った。

「人を殺していやす。相手が同じならず者だったことから人足寄場に送られたらしいんですが、寄場を脱《ぬ》けたんです。凶悪な男でやして。名は捨松《すてまつ》」

「何かつかんだのか」

「なかなか」

仙蔵は手を振って顔をしかめ、

「で、旦那は……」

握り飯を食べ終わって、手の指についた飯粒を丁寧に食べている辰平を見て言った。

「八重さんが昨日から行方がわからなくなってな」

「八重さんが……いなくなった」

仙蔵は茫然《ぼうぜん》として呟いた。

# 四

客のいない吉野屋の座敷はがらんとしていて寒々しい。女将のお稲が早々に店を閉めてしまったからだ。

台所ではまだ後片づけに追われている様子で、茶碗や皿を洗う音や、ひそやかな声が聞こえていた。

「とにかく、元気でいてくれるのかどうか……」

女将のお稲は、新八郎、仙蔵、それに多聞の顔を見て吐息をついた。

せっぱ詰まった重たい空気に、一同はずっと襲われていた。

出口のない通路に迷い込んだように、いろいろと何か手がかりがみえぬものかと目を凝らしてみるのだが、八重が自分で姿を消す訳は何ひとつ見あたらなかった。

考えられることはひとつ、八重が何か予期せぬ不都合なことに巡り合ったということだ。

「どうしたらいいのか……旦那方も仙蔵さんもお願いします。お八重さんを捜して下さいまし」

お稲は頭を深く下げた。八重の安否を心配するお稲は、食事も喉《のど》を通らないほどだ。顔を上げると、

「八重さんは、幸せには縁のないお人でした。あたしとよく似た境遇で、御武家の出だけにお気の毒で、こんなところで良かったらって来て貰ってたんですよ。そしたら、今がいちばん幸せだなんて言ってくれましてね、誰にも気兼ねしないで暮らせるなんて言ってくれてさ。あたしは妹のように思ってました。その八重さんが……」

不安な目を向けた。

「まさかとは思いますがね」

仙蔵が慰めを言った。

「まさかってなんですか」

「だから事件に巻き込まれて、怪我をして動けなくなっているとか」

「止めて下さい。そんな事になったら大変ですよ」

「あっしもそんな事になっちゃあ大変だと思ってますがね」

「当たり前ですよ。元気でいて貰わなくちゃ困ります」

お稲は袖《そで》を嚙む。

「女将……」

多聞が声をかけると、お稲はそれを待っていたかのように、

「だって、くやしいんだもの。ずっと口を噤《つぐ》んでなきゃならないなんて。このまま
もし何かあったら八重さん気の毒すぎる」

何を言い出したのかと怪訝な顔で見合わした多聞と新八郎に、

「お八重さんはね、新八郎の旦那に気があったんですよ。でもそれを隠してた」

お稲は言った。そうしてその目は新八郎を睨んでみせた。

「お、おい、お稲」

新八郎は慌てた。お稲は新八郎の目をとらえたまま言った。

「苦しんでいるって知った時には、あたしまでこう、胸が苦しくてね」

「………」

新八郎は目のやり場に窮して視線を落とす。多聞の目も仙蔵の目も、新八郎の顔
に注がれている。返す言葉がなかった。

「ごめんなさい、こんなこと言って……旦那がお内儀様をお捜しだっていうのに、
ややこしい話をして……でもこんな時だから、八重さんの気持ち、伝えてやらな
ければ……」

「…………」

「お八重さんはね、それでも旦那の奥様が早く見つかりますようにって祈っていたんですからね。出来ないことですよ。なかなか普通の女には出来ない、あたしにゃ真似《まね》出来ない」

「女将、新八郎にはわかっていたさ、いくら鈍感な男だとはいえ八重さんの気持ちは……」

多聞が訳知り顔で言いはじめた。その時だった。

「あの、女将さん」

若い仲居が近づいて来た。

「私、ちょっと気になることが、お八重さんのことですが、私に新八郎様のお内儀様のことで確かめたいことがあるって言ってたんです」

「いつのこと？」

お稲が顔色を変えて聞き返す。

「四、五日前のことです。その時は何気なく聞いていたんですが、居なくなったことと何か関係があるのでしょうか」

若い仲居はそう言った。

お千代《ちよ》という女だが、八重や朋輩の仲居たちと台所の片づけ物をしながら、新八郎が志野を捜している話に話題が及んだ時、ふいに八重が思い出したようにそう言ったらしい。

すぐに話題が別の話になったものだからお千代は気にも留めていなかったが、八重がいなくなってもしやと考えたのだと言う。

「確かめたいことか……しかし、もしそうだとしても、ここに戻って来ないというのはただごとではないな」

多聞の言葉に、また皆口を噤んで黙った。

八重の消息に繋がる報《しら》せがあったのは翌日早朝のことだった。

辰平が新八郎を呼びに来て吉野屋に出向くと、多聞の前で女将が青い顔をして座り込んでいた。

その手に半紙が握られている。

「旦那……」

女将のお稲は、その紙を新八郎に突きだして泣き出した。

八重という女を預かっている。ひきかえに百両の金を用意しろ。引き渡しは三日後夜の五ツ、油堀川千鳥橋河岸。必ず一人で来い。


半紙には癖のある四角い字が並んでいた。

「誰が書いたものか察しはついています」

お稲は意外なことを言った。

「誰だ」

「気づかれないように工夫して書いたつもりでしょうが、このカクカクした字は金《きん》蔵《ぞう》に間違いありません」

「金蔵……」

半紙から顔を上げた新八郎に、

「昔別れた亭主なんだそうだ」

多聞が言った。

「亭主だと……」

新八郎は驚いてお稲の顔を見た。

「ええ、博奕《ばくち》に魂とられてしまった腑《ふ》抜けなんです」

お稲は、腑抜けという言葉に力を込めた。

十三年も前の話だった。

お稲は父親を亡くして三代目の『鹿野屋《かのや》』の主となった。鹿野屋は増上寺門前の小料理屋で、当時近辺では一番繁盛していた。

お稲は一人っ子だったから、番頭だった金蔵を婿《むこ》に迎えて、金蔵ともども跡取りの修業をしていた訳だが、結婚三年目にして母も父も亡くして名実共に主となったのだった。

ところが、父親を亡くした頃から、金蔵が悪所に通うようになった。

女郎のところに通うのは、お稲に子が出来なかったから辛抱も出来たが、そのうちに賭場《とば》に通うようになった。

商いをそっちのけにして大金を金箱から持ちだしていくのである。

お稲はどんなことがあっても店は守ると決心していた。そのためには自分に子が出来なければ、父方の養子を貰って後を継がせるつもりだった。二人の間に子がいないからといって、けっして店を潰《つぶ》していい筈がない。

父の弟だった人は健在で、その弟は父と店を盛り立てた人であり、男児を三人も持っていたから、養子の当てはお稲にはあったのだ。

ところが金蔵は、そんな小言など聞く耳を持たなかった。

とうとう賭場に多額の借金が出来、店はあっというまに取られてしまった。

さすがの金蔵も、罠《わな》に嵌《は》められたと気がついてか、怒って賭場に乗り込むと胴元の腕を刺し、結局やくざ者に追われて江戸を出たのである。

着の身着のままで放り出されたお稲は、父と懇意だった料理屋に勤め、七年前にはその人の助けも借りて吉野屋を興したのである。

その間にお稲は、金蔵と離縁の手続きを名主たちあいの元で済ませている。奉行所にも届けた。金蔵とは縁も義理もなくなっている。通常離縁は、男の方から言い渡すものだが、養子に限っては離縁するかどうかは養家に権限があるのだ。

「そんな不実な男ですから、もう二度と私の前には現れないだろう、そんな事出来る筈がないと思っていたのに……」

お稲は唇を嚙みしめた。

「しかし、八重さんを人質にして脅してきているんだ。女将がここでお茶漬け屋の店をやっていることは随分前から嗅《か》ぎつけていたのじゃないか」

多聞が言った。

「ええ……」

「とにかく明日は深川の八幡に行ってみようじゃないか。俺も一緒に行くぞ」

多聞も日頃世話になっている八重や女将の力になれればと口入れの仕事は断って駆けつけていたのである。

「女将、金蔵の特徴はどんなものだ。目が細いとか、口がでかいとか」

多聞の言葉に女将はちょっと考えていたが、

「そうですね。眉《まゆ》に特徴があるかしら」

「眉」

「はい。太い眉ですが、途中で切れたようになっています。目は細いほうでしょうか。性格はどちらかというと大人しい人だったのに……博奕場に出入りするようになってから人が変わりましたから」

金蔵は番頭時代はこつこつ真面目《まじめ》に働く男だった。物事に慎重だとお稲の父親は褒《ほ》めていたが、後になって変貌《へんぼう》したところをみると、慎重な性格ではなくて、ただの臆病《おくびょう》者だったのだ。

臆病者ゆえに、悪い男たちに誘われると嫌とはいえず、ずるずると悪にはまっていったのだ。

お稲は、金蔵をそう評した。

新八郎が、金蔵が通っていた賭場と傷つけた胴元の名前を聞いたが、賭場はその時に手入れが入って潰れたと聞いているが、深川冬木町の木場人足専門の口入屋岩《いわ》五郎《ごろう》の離れだった。むろん胴元は、主の岩五郎だったとお稲は言った。

五

翌日、新八郎は深川に向かった。

多聞とは小名木川に架かる万年橋袂で落ち合い、そこから富ヶ岡八幡宮に向かう約束だが、四半刻ほど早く長屋を出てきた。

まんじりともしない一夜を過ごし、いつもより早く起きたからだ。

布団の中に入っても、頭はいつまでも冴《さ》えて眠りにつくことが出来なかった。

志野捜しのあれこれが頭を過《よ》ぎったと思ったら、今度は八重の安否を考えていた。

昨晩仙蔵が立ち寄った時の言葉も、新八郎の心にいっとき動揺を与えていた。

「旦那、八重さんはね、この間旦那が熱にうなされてお内儀さんの名を呼んでいたって話しておりやしたからね。早く旦那がお内儀さんに会えるようにと……自分も役に立てればと思ったんでしょうね。そんな八重さんを拐《かどわ》かすなんてとんでもねえ野郎だ」

仙蔵はそう言ったのだ。

八重の気持ちが嬉しい。それだけに、なんとしてでも助け出してやらなければと、新八郎は思うのである。

万年橋の上に立つと、風は橋の下から吹き上げてくるように舞いあがって来る。

多聞を待つ間、新八郎はしばらく橋の上から薪や芝を積んだ船が連なって東からやって来るのを見ていたが、托鉢《たくはつ》の修行僧が数人橋の上に登ってきたところで橋を下りた。

多聞はまもなくやって来た。

「参った参った、出かけようと思ったら女房に呼び止められて、困ったよ」

頭を掻《か》いている。しかも恥ずかしそうにはにかんでいるではないか。

「ふむ」

その先を聞きもしないで肩を並べて川沿いを西に向かった。

先に冬木町を回って金蔵が通っていた賭場を確かめておこうという事になったのだが、多聞は歩き始めてまもなく、ぼそりと言った。

「また子が出来る」

「何」

驚いたが、

「結構じゃないか。子供は何人いてもいい」

正直羨《うらや》ましいと新八郎は思った。

志野がいて千太郎がいた頃は、母と自分と弟との味気ない暮らしが嘘だったように、家の中は賑々《にぎにぎ》しくなったと実感したことが幾度もあった。

千太郎さえ亡くならなかったら、二人の間にはもう一人、いやさらに一人と子が生まれていたかもしれない。

子供がおれば、志野も実父消息の使いが来ても、無断で家を出て行く筈がない。子を置いて家を出ることは志野の性格では出来なかった筈だ。

たとえ数日父親を見舞いに行くとしても、新八郎に事の次第を説明し、子供たちのことを頼んで出かけた筈だ。

千太郎の死が、志野を変えてしまったのだ。

そしてこの自分も、今この江戸にはいない筈だ。参勤交代で江戸に出てくる事はあっても、常時は国元で決まった時刻に登城し、下城の合図で帰宅し、可もなく不可もなく暮らしていた筈だ。

家督を弟に譲って浪人となったのは自身の意思で後悔はしていないが、それでも時折自分の運命を恨めしく思うこともある。

「お前は独り身でいいが」

新八郎の思案は、多聞の声で中断した。

多聞は寒そうに襟を合わせながら言った。

「浪人じゃあ食わせるのが大変だ。いい口入れの仕事がいつもある訳じゃあない。いっそ刀を捨てて商人にでもなるかなどと考えるのだが」

「お前にその才覚があるものか」

「だろう」

多聞は苦笑した。心底困っている様子である。

「多聞、いつかお前に話そうと思っていたんだがな」

新八郎は、並んで歩く多聞の横顔に言った。

「志野が見つかってからの事だと考えていたんだが、お前と俺とで道場を開くというのはどうかと思ってな」

「ふっふっ、慰めか……どこにそんな金がある。ちゃんとした道場となると三十両、いや、五十両はいるぞ」

「わかっている。五十両に手は届かぬが、二十両ぐらいならある」

「うそつけ」

多聞は笑った。

「本当だ。弟が送ってくれたんだ。親父の代に町屋を買っていた。それを処分した金だ。弟は俺が家督を譲ったものだから気を遣《つか》っている。俺はすぐに送り返そうと思ったのだが、それじゃあ却《かえ》って弟も気を遣う。それならそれを貰ってこの江戸で暮らすのもいいかもしれんとな」

「いい弟だな、羨ましい。だが二十両ではどうにもなるまい。なにしろ、俺は一両もない」

「いや、ひと月前に受けた仕事で、堀江町の隠居の用心棒をしたのだが、隠居が住む隣の空き家に移ってこないかと誘われたんだ。その空き家も隠居の持ち家で管理に困っている。ただ同然でいいからその家に移り、時折自分の用心棒を頼むとな。つまり家賃はいらんから、あとは道具を揃えればいい」

「それが本当なら有り難い。俺は使用人でいいからな」

「馬鹿なことを申せ。お前と俺はどこまでいっても今のままだ。親友だ。二人の間に上下はない」

「新八郎……」

多聞はしんみりとした声を上げた。

その時だった。

声をかけ合う船頭の声に気づいた。前方の川岸に目をやると、木の肌も眩しい製材した板や柱を積み上げた船二艘《そう》が、停泊して荷造りをしていた。

「あの辺りだ、冬木町は」

多聞が言い、顎《あご》で前方を指してみせた。

吉野屋の女将お稲が言っていた口入れ屋は、仙臺堀《せんだいぼり》通りにある古道具屋の角を曲がった横町にあった。

お稲は手入れで潰された筈だと言っていたが、腰高障子に『くちいれ』の文字があり、荒くれた男たちが出たり入ったりしているところを見ると、商売はしているようだった。

まさか昔の主がやっているのではないだろうと思ったが、出てきた男に聞いてみると、

「主の名前……岩五郎の親父さんですが」

と言うではないか。

二人は戸を開けて中に入った。

「これは旦那方、ここは人足の口入れでございやして、ご浪人のお方はお引き受けしておりやせん」

若い男が愛想笑いを浮かべて出てきた。

「主の岩五郎はいるのか」

多聞の声に奥の暖簾《のれん》から五十がらみの男が出てきた。

「何の用だね。うちはお侍には用はねえ。仕事なら他を当たりな」

目の玉の大きな男は言い、かえれと手を振った。

「聞きたいことがある。金蔵が江戸に戻っているのを知っているか」

「金蔵だと」

岩五郎は険しい顔で多聞を睨んできた。

「そうか、知らぬか。またぞろここに通ってるんじゃないかと思ったんだが」

「まさか、姿を見たらただじゃあおかねえ。ここに来るものか。奴のために俺の腕はきかなくなっちまったんだ」

岩五郎は憤怒の顔をすると、右手で左の腕を摑んで新八郎たちの前に突き出した。左の腕は右手で庇ってやらなければ動かなくなっているようだ。

「金蔵ばかりが悪いというのでもなかろう。お前は金蔵をここの賭場に縛りつけて、とうとう店まで乗っ取ったというではないか。善人面した口を利かない方がいいんじゃないか。また賭場を開いてるんだろ」

多聞が札を打つ真似をして奥の方に視線を向けると、岩五郎の顔色が青くなった。

「とんでもねえですよ、旦那。もうあんな騒動はこりごりです。ご覧の通り今は口入れ稼業に精を出しておりやして」

「どうかな、それは……俺たちがここに来たのは他でもない。さっきの話だが金蔵が江戸に戻ってる。金蔵はお前のために何もかも失ったんだ。その金蔵が江戸に舞い戻ったのには理由がある。お前の命を狙うためだな……とまあ、そのことを知らせてやろうと思ってな」

新八郎は脅してやった。

「それはご丁寧なこった。馬鹿馬鹿しい話はそれぐらいにしてお引き取り下さいやし。あの臆病者が江戸に戻ったってなんということもねえ話です」

岩五郎は不気味な笑みを浮かべて言った。

「さきおとといだ、ぽっちゃりした上品な女だったたな。着物……どんな色かって……浅葱色の小紋だったらしい。ここの神社に来たのは確かなんだ。知らんか。ひょっとしてそのひとには、眉の太い、目の細い男が難癖をつけていたかもしれんのだ。ここから足取りがわからなくなったのだ。人さらいにあったのかもしれんので捜している」

富ヶ岡八幡宮の境内を二手に分かれて、新八郎と多聞は出店の者に聞いて回ったが、やはり何の手がかりもなかった。

無理もないといえば無理もない。八幡宮には毎日大勢の人たちがやって来る。余程のことがなければ、境内を行き来する客のひとりひとりまで覚えている筈がなかった。

「こうなったら、明後日を待つしかないか」

多聞はあきらめ顔で言い、買った団子にかぶりついた。

二人は表門を出てきてすぐの茶屋の腰掛けに居る。人通りは相変わらずの賑わいだが、日差しが弱く、家並みの向こうには薄鼠《うすねず》色の雲が広がっていた。一雨きそうな気配だった。

八幡宮前には大きな船着き場があり、次々に船が到着して下りる者もいれば、それとは逆に船に乗り込んで帰って行く者もいる。

しばらく疲れた頭で団子を食べながら船着き場をぼんやりと眺めていると、忙しく動き回る仙蔵の姿を見た。

仙蔵の側には深川一帯を縄張りとしている岡っ引の彦次郎の姿も見える。

しかも二人は、町人の女に何かを問い質《ただ》しているようだった。

「おい、仙蔵じゃないか。何やってんだ……」

多聞も気がついたらしく、二人は茶屋を出て船着き場に向かった。

「旦那、ちょうどいいところに来て下さいやした。これをご覧になって下さいやし」

仙蔵が懐から白い袋を出した。

「これは！」

新八郎は驚いた。

袋は桜の花の印が一つついている掛け取り袋だった。吉野屋という字も入っている。

急いで中を確かめようとすると、

「ねこばばなんてしていないよ、見くびらないでおくれ。あたしゃ預かったまま親分に渡したんだ。中味についちゃあ知らないいんだから」

女が言った。

「誰から預かったんだ、八重さんか」

女の顔を見て、それから仙蔵に目を移すと、仙蔵は頷いてから言った。

「旦那、八重さんは、どうやらここから船に乗せられて連れていかれたらしいですぜ」

「何……」

「この人は、お花さんというんですが、すぐそこで甘酒屋をやっている婆さん、じゃなかった、おかみさんですが、おい、お花さん、こちらの旦那に話してくれ」

「いいよ、一昨日のその前の夕方のことでしたよ……」

お花婆さんの話によれば、その日の夕刻、お花婆さんは店のお客が船で帰ると言うので、この船着き場まで見送りに出た。

たっぷり心付けを弾んでくれた上客には、お花は必ず外に出て見送る。

その日のたっぷり客は、日本橋の呉服屋のおかみだった。供連れで店に立ち寄ってくれて過分の代金をくれたから、いそいそと船着き場まで見送った。

さて店に引き返そうかと踵を返した時だった。

八幡の表門からただごとではない雰囲気の男女が四人、もつれるようにして船着き場にやって来る。

ふざけているのかと見ているとそうではない。足がもつれているようにみえたのは、女二人が抵抗していたからだった。

男二人が女二人を両端から挟むようにして脅し脅し歩いて来るのが、近くになるにつれてわかった。男の一人は小太りで、もう一人は眉をそり落としたような薄気味悪い男だった。

夕方のことでもあり、人々は家路に急いでいて見て見ぬふりをしてやり過ごす。だがお花は船着き場に突っ立って立ち去らなかった。どういうことなのか見届けようという気持ちになっていた。

「乗れ」

眉のない男が女の腹に匕首《あいくち》をつきつけているのがちらと見えて、お花は胆《きも》を潰した。

こりゃあ早く番屋へと考えているうちに、小太りの男が屋根船に先に飛び乗り、匕首を持っていた男が、女二人に恐ろしい目で促した。

一人の女が乗り、もう一人の女が乗ったがその時だった。続いて乗り込もうとした眉をそり落とした男が自身の足下に視線を投げたその瞬間に、ひとりの女が袂の中に手を突っ込んで、お花の方に白い袋を投げてきた。

お花がはっとして女を見ると、女は小さく頭を下げて手を合わせたのだ。

女はすぐに屋根船の中に押し込まれたが、お花は袋を拾い上げると、急いで番屋に走ったというのであった。

仙蔵は彦次郎からその話を聞き、驚いてお花に話を聞きにやって来たのだという。

「八重さんに違いないな。しかし、小太りの男一人は金蔵だとして、後の男と女は誰だ」

多聞は自問するように言った。

「眉も薄くて薄気味の悪い男でした」

お花が言った。

「奴だ、仙蔵さん。捨松だ」

彦次郎が声を上げた。

「ほんとですかい」

仙蔵はすっとん狂な声をあげた。

捨松はずっと仙蔵が追っていた男である。

思いがけない風向きになってきたと仙蔵は思った。新八郎は多聞と険しい顔で見合わせた。

　脅迫状の主は間違いなく金蔵だった筈だ。ところが八重を拐かした男の一人が石川島の人足寄場から逃げてきた捨松ということになると、金蔵と捨松は一緒に行動している事になる。

「仙蔵、船はどこの船かわかっているのか」

「いえ、これからです。彦次郎さんと手分けして当たろうかと思っているんですが」

「それなら俺たちも一緒に当たろう」

　新八郎が仙蔵と組み、多聞が彦次郎と組んで当たることに決めた。

六

　しかし、深川という土地は、船がなくては住めないほどの水郷の町である。

　富ケ岡八幡宮近辺でも、仙臺堀、油堀川、十五間川、それにあまたの縦横に結ぶ堀があり、大川に接していることもあって、いわゆる船宿として営業している店とは別に、船屋、貸し船などあちらこちらに船を使った商売が成り立っていて、そのうちから拐かしに使った船を見つけ出すのは簡単なことではなかった。

新八郎と仙蔵も、夕刻までの二刻ほどを休みもなく回ったが、金蔵や捨松に船を貸した店はなかった。

二人は富ヶ岡八幡宮前の船着き場の近くまで戻っていた。

「旦那はちょいとこの辺りで一服なさっていて下さいやし。あっしは番屋にひとっ走りして多聞の旦那たちと連絡をとってきやす」

仙蔵はそう言うと、一人で門前仲町の番屋に走った。

最後に落ち合うのはその番屋と決めていた。何か連絡を取りたい時にも、そこの番屋に伝言を預かって貰うことにしていた。

――それにしても。

新八郎は小走りしていった仙蔵の背中を見て笑みを漏らした。

澄代の塾の勘太ではないが、近頃の仙蔵を見ていると、人もこれほど変わるものかと驚かされる。

唐辛子売りはともかくも、その前は巾着《きんちゃく》切りをしていたのだから、すばしこいことにかけては誰にもひけをとるものではないが、十手を持ってからはすばしこさに加えて妙に貫禄がついてきた。

「旦那、今夜のおかずに買っていきなよ」

声をかけられて足を止めると、新八郎はいつの間にか横町に入り込んでいたのに気が付いた。

道の両脇には佃煮《つくだに》の店が多かったが、他にも煮売りの店、寿司屋にてんぷら屋などの看板が見える。

この辺りは店に入って食べるのではなくて、持ち帰りの店が並んでいた。

新八郎に声をかけてきたのは、佃煮屋のおかみさんだった。

先ほど仙蔵と別れた場所は、はるか向こうに見える蓬萊橋《ほうらい》のその先である。つまりここは蓬萊橋を渡って入って来た横町で、小体な店ばかりが並ぶ所だった。

「この先に船を貸しているところはあるかね」

おかみさんに聞いてみると、

「この先にはないね。行き当たりだよ。松平様のお屋敷の土地になってるからね。船を貸してくれるところは、川筋でなきゃ」

おかみさんは笑った。

もっともだと苦笑して、新八郎は踵を返したが、何か目の端にひっかかったような気がして振り返ると、五間ほど先に『みの』と白く染め抜いた紺の暖簾が目に留まった。

――みのだと。

「おかみさん、あの店だが、みのという店だ。何の店だね」

先ほどのおかみさんに聞いた。

「ああ、菓子餅にお赤飯、団子も売ってるよ」

「何……店は年配の夫婦者がやってるのか」

「いいえ、上品なおかみさんだよ。旦那はいないね。菓子職人がいて、そうそう、娘さんもいるようだね。あんまりつきあいはないから詳しいことはしらないね」

「…………」

新八郎の胸は早鐘《はやがね》のように鳴った。

まさかとは思うが店の中を覗かずに帰ることは出来ない。

息を整えて店の前に立った。

確かに暖簾には、みのという屋号の他に、赤飯、菓子餅などという字も見える。

「ごめん」

新八郎はおとないを入れて店の中に入った。

「いらっしゃいませ」

三十半ばかと思える男が迎えて挨拶をした。丸い顔に人のよさそうな目がこちらを見ていた。少し顔が驚いているらしいのは、こちらが緊張しているからに違いなかった。

「少しものを尋ねるが」

「へい、なんでございましょう」

怪訝な顔で男は言った。

「この店の主に会いたい」

「あいすみません。あいにく体をこわして臥《ふ》せっておりまして、商品のことなら私が伺いますが」

「商品のことではない。主の名を聞きたい」

「………」

男は戸惑いをみせた。恐れも顔にあらわれている。

「いったいぜんたいどういうことでございますか。訳をおっしゃっていただかないと」

「人を捜しているのだ。母親は美也、娘は美野《みの》、またの名を志野」

「あなたはいったい……」

男は驚いて口をあんぐり開けると、奥に視線を走らせ新八郎の顔を見て、おろおろし始めた。

「俺の名は青柳新八郎と申す、怪しいものではござらん。頼む、教えてくれんか」

「おかみさん！」

たまりかねたように男が奥へ呼びかけた時、奥の暖簾が割れて五十前後のおかみが出てきた。おかみは杖《つえ》をついていた。

今の今まで横になっていたらしく、乱れ髪が頬に数本かかっていて、やつれて見えた。その髪には白いものが混じっている。

「青柳、新八郎さま……」

驚いた目が新八郎を見詰めた。歳は重ねているが美しい顔立ちの人だった。

「志野の、母上……そうですね。美也さまという志野の生き別れになっていた母上……」

新八郎はおかみに詰め寄った。

「あなたが、新八郎さま……」

おかみの目がまっすぐ新八郎に注がれた。やがてその目に光るものが盛りあがり、一筋、また一筋と頬を伝って落ちた。

店の板の間に上がって新八郎は義母美也の側に膝をついた。

「母上……」

義母美也の肩は細かった。痛々しさに新八郎は胸が詰まった。

この母も、そして娘の志野も、なんと不運な道を歩まねばならなかったのか。そう思うとかける言葉が見つからない。ありきたりの慰めを並べても、義母への救いにはならない、そう思った。

美也は涙を拭《ぬぐ》うと、青白い顔を上げて新八郎をまじまじと見た。潤いのある黒い瞳は志野のしっとりとした瞳そのままだった。

「なんという事でしょうか……あなたが訪ねてきて下さったのに、志野は一昨昨日《さきおととい》出かけて行ったきり戻っていません。志野は、拐かされたのです」

美也は隣の部屋に新八郎を連れて入ると、また大粒の涙を流した。

「志野が拐かしに……志野はここに母上と一緒に暮らしていたのですか」

驚いたのは新八郎だった。

「ええ、一年半前から」

「一年半前に……」

新八郎は凝然とした。

この深川の八幡には何度も足を運んだというのに、灯台もと暗しとはこのことだ。志野がここで暮らしていることに気付かなかったとは——新八郎は歯ぎしりしたい気持ちだった。

部屋を見渡すと、女の住まいらしいこぎれいな暮らしぶりが窺えたが、金のかかるような調度品は何もなかった。

「志野はどうしてここに母上がいると知ったのですか」

振り向いて美也に尋ねると、

「私は昔、王子稲荷で夫の平井鹿之助とお団子を売っておりました」

「その話なら聞いております」

「志野とも私は会っておりました。志野が嫁入り前のことです……」

「その話も澄代という手習い塾の先生から聞きました。やはり王子稲荷とは浅からぬ縁があったということですね」

「はい」

美也は頷くと、こう言ったのだ。

社務所に勤める岡村和三郎《おかむらかずさぶろう》は、王子稲荷の禰宜《ねぎ》の甥《おい》っ子で、玄哲の塾を追い出されて美也の夫となった平井鹿之助とは友人だった。

志野が野田玄哲の手元から狭山作左衛門の養女となったのは、野田と親しかった禰宜の仲介によるものだったが、鹿之助と美也が途方にくれているのを知って境内で商いでもしたらどうかと世話してくれたのが和三郎だった。

娘と生き別れになっていると知った和三郎が、禰宜を通じて作左衛門と志野が来るのを知り、美也に教えてくれて会うことが出来たのだった。

王子稲荷での商いをやめる時も、所を深川に移した時も、和三郎には伝えていた。澄代のところを出た志野は、半年の間王子稲荷にたびたび出かけて団子屋を捜していた。その事を知った和三郎が、志野に声をかけてくれて、美也の住み家を知ったのだ。

志野は、その日のうちに深川に飛んで来た。そして一部始終を母の美也に話したのである。

「ちょうど夫の鹿之助が亡くなって寂しい思いをしているところでした。娘が私の前に現れたのは、日頃手を合わせている神様が私を哀れみ、それで再会させて下さったんだと思いました。とりわけ志野が、夫の最期の言葉を届けてくれたことは、本当に嬉しく思いました」

美也は恥ずかしそうな表情をちらと見せたが、玄哲に不義をしたと疑われた二人の苦悩は、その身になった者でなければわからないだろう。鹿之助は最期までそれを悔しく思っていたようだと美也は言った。

「むろんわたくしもそうでした。今になってではありますが、夫の誤解が解けて嬉しく思います」

美也は背後に首を回して同意を得るような表情を見せた。そこには小さな仏壇があり、白い菊の花が供えてあった。

「悪いことはしていない、不義は誤解だと心の中で叫びながら私も夫も暮らしてきました。でも、誰かから疑いの目を向けられているというのは、いくら潔白だったとしても、どこかで人の目を避けているものです。心に何かつかえたような、そんな思いで暮らしてきました。野田が誤解だったと言ってくれたと知り、長い間の哀しみからようやく解き放されました」

美也は静かに語った。だが言葉の端々には毅然《きぜん》としたものが窺えた。

「これで私たちの試練もおしまいだろうと思っておりましたのに……」

美也は顔を上げて新八郎を見た。

「今度は志野がいずこかに連れていかれて」

声が震えて、美也の目には、また涙が溢《あふ》れそうになる。

「相手は誰です。わかっているのですか」

「八重さんという方です。その人が志野を連れていったのです」

新八郎は凝然とした。心を静めて美也に言った。

「母上、その八重さんも拐かしにあったのですぞ」

「八重さんも……」

美也は驚いていた。

新八郎は一連の事件を説明した。八重がここに来たのは、私と志野のためだったのだ。志野を呼び出したのも私の事を話すためだったに違いないと。

「やはりそうでしたか。何かに巻き込まれたに違いないと思っていました。すぐにお役人に届けたいと思ったのですが、志野が玄哲との繋がりがある事で追われていると聞いていましたので、とてもとても番屋に走ることは出来ませんでした」

「…………」

「新八郎殿、どうか、あなたのお力で、志野をお救い下さいませ」

新八郎は菓子職人の与一《よいち》に、くれぐれも美也を頼むと言い置いてから美也の店を出た。

仙蔵との約束の刻限はとっくに過ぎている。急いで門前仲町の番屋に出向くと、心配顔の仙蔵と多聞が座敷の長火鉢に手を翳《かざ》して待ち受けていた。

「旦那、どちらにいらしていたんですか」

仙蔵は腰を浮かせて心配と苛立ちとがない交《ま》ぜになった声を上げた。

「お前まで拐かされたんじゃないかと心配だったぞ。とにかく上がれ、握り飯を食って腹を満たしているところだ」

「すまん。思いがけないことがあってな。志野の母に会った」

新八郎は、町役人に一礼すると上にあがって多聞たちの側に座った。

「えっ、本当ですかい」

仙蔵は目をしろくろして聞いた。多聞も驚きのあまり口をあんぐり開けている。

「志野も一緒に暮らしていたらしいが、八重さんに呼び出されて出て行ったきり帰ってこないと言っていた。二人は一緒に船に乗せられたんだ」

「まてまて、何だと、それじゃあお前の内儀どのも一緒に拐かされたというのか」

多聞は喉に握り飯を詰まらせたのか、慌ててお茶で流し込んだ。

「どうやらそのようだ。志野は、例の遊学堂を出た半年あとに母親に会っていた。そして一緒に暮らしていたのだ」

「なんてことだ」

仙蔵は膝を打って悔しがった。

「ところで多聞、お前の方は進展があったのか」

「おおそうよ、奴らが使った船の持ち主を見つけたぞ」

「何」

「ですが、奴らは船だけ奪って逃げたということです」

多聞と仙蔵が代わる代わる言う。

「しかし、誰が船を漕いだのだ」

「旦那、捨松は大川で渡しの船頭をしていた奴です」

「そうか、それで……」

手がかりは消えたかと力が抜けていくようだった。だがそこへ深川の岡っ引彦次郎が船頭を連れて入って来た。

「旦那方、仙蔵さん。この男が奴らに船を奪われた船頭です」

彦次郎は男を促して上にあげると、

「伊八《いはち》、皆さんに包み隠さず話してくれ」

自身も付き添って船頭の側に座った。

「あっしは、小網町にある船屋の『島田屋』に雇われている船頭でございやす」

酒で焼けた赤黒い顔の男は、新八郎たちに言った。

伊八はあの日、小網町から乗せてきた客が戻って来るのを待っていた。すると、人相の良くない男二人が女二人を連れて突然乗り込んで来た。

船を出せと匕首を突きつけられて伊八は船を出した。

男は匕首を突きつけながら、伊八にまず東に向かえと言った。入江町に出ると北に梶《かじ》を取れと言われ、三十三間堂の河岸で伊八は船から下ろされたのだ。

「船は北に向かいました。大和町の角を左に曲がったところまでは見届けましたが、その後はわかりやせん。仙臺堀に出た訳ですから大川を目指して走っていったものと思われますが、大川に出る途中のどこかの岸に着けたものか、それとも大川まで出たものか……」

伊八が走って仙臺堀まで出た時には、もう船の姿は見えなかったのだ。

「ちくしょう、捨松の奴め。捨松は人足寄場を脱走する時も、桶《おけ》や樽《たる》の材料にする木ぎれを島に運んで来た大茶船を奪って荒波を乗り切って逃走したのだ」

仙蔵はいきり立った。

島では囚人に細工仕事をさせている。紙漉《かみすき》、鍛冶《かじ》、元結《もとゆ》い、草履《ぞうり》、樽作り、大工、左官と多様な職種の中から得意なものがあればそれをやらせ、なければ役人が割り振ってやらせる。

捨松は樽作りに当てられていた。人を殺したにしては真面目《まじめ》で、ひと月前から船揚場で木ぎれを船から上げたり、出来上がった木工品を船に積んだりさせられていた。

真面目につとめているとみなされたからこその役目だったが、実はそうではなかったのだ。

逃げる機会を見計らっていた事になる。

寄場の役人も茶船の人足も、あっという間の出来事で、人足の一人が止めようとしたが木材で頭を殴られて海に落とされて瀕死《ひんし》の重傷を負っている。

「そんな奴にかどわかされては……ゆるせねえ」

「落ち着け仙蔵」

多聞が怒鳴った。

「引き渡しの日は明後日だ。明後日の夕刻まで船を捜す。伊八、何か船に特徴はないのか、印があるとか、なんでもいい」

重い気持ちで新八郎は聞いた。

「へい、あっしどもの店の船の障子には、島田屋の名が墨で入っておりやす。そうそう、あっしは縁起を担いで、櫓《ろ》を持つ手元に赤い布を巻きつけておりやして」

「わかった。すまぬがお前も協力してくれ」

「もちろんです。お手伝い致しやす」

七

その頃八重と志野は、一つの柱に背中合わせになるように後ろ手にくくりつけられていた。

食事をする時と排泄《はいせつ》する時以外は縄は解いて貰えなかった。もっとも、衝撃と怒りで食事は喉を通らなかったから、厠《かわや》に行ったのも数回だった。

二人が縛られているこの家は、廃屋同然の家だった。人が歩くたびにみしみしと廊下が鳴る。不安と恐ろしさはつのるばかりだった。

疲労は極致で、口を開くのも辛くなってはいたが、男二人の目を盗んで後ろ手になった手でお互いの手を握りあい励ましあっていた。

――私が志野さんを呼び出さなければ、志野さんをこんな目にあわせることはなかったのに……。

八重は、疲れ果てて肩に頭を預けるようにして目を閉じている志野の重みを受け止めながら、こうして長い間ひとつの柱にくくりつけられている間に、二人の間には姉妹のような感情が生まれていることに気づいていた。

――ここはどこだろうか。

と八重は思った。

朽ちかけた板戸の隙間から吹き込む風には潮のにおいが混じっている。

思いがけないことが次々に起こって何日経ったのかは正確には分からないが、ここに拐かされてから四日は過ぎているのではないかと考える。

そもそも十日も前の話になるが、八重はいつものように辰平と深川界隈の得意先をまわった後、富ヶ岡八幡宮に参った。

そして参道を引き返しながら境内に出ている端切れ屋に目を止めた。

西陣織の豪華な端切れがあるのを見た八重は、店に立ち寄って端切れを手にとった。

だがすぐに、その目は、隣で端切れの代金を支払う女の手にある財布に釘付けになった。財布には、水の上を滑る夫婦鴨《めおとがも》が刺繍してあった。

その柄と同じ財布を、新八郎が所持していたからだ。せんだって新八郎が熱を出して倒れた時、新八郎の着物を畳んでいて目に留まり、取り上げて見ていた。

まさかとは思うが、隣の人は、志野ではないかと八重は思った。

頭は混乱して声を掛けることが出来なかった。だが後を尾けて『みの』という暖簾が掛かった店に入るところまで見届けていた。

それで、四日前に改めて店を訪ね、新八郎の名を出して志野を八幡宮の境内に誘ったのだった。

そして、新八郎が家督を弟に譲り浪人となって、志野をずっと捜してきた事を伝えると、志野はその場に泣き崩れたのだった。

「同じ長屋に住んでいます。引き返して新八郎様をお連れします」

志野の肩に手を置いたその時に、

「吉野屋の八重だな」

見たこともない恐ろしげな男が二人現れて、八重を連れ去ろうとしたのだった。

ところがこの時、志野が大声を出しながら二人に体当たりをして八重を助けようとしたために、志野も一緒に拐かされてしまったのだ。

このあばら屋の柱にしばりつけられてから、八重は自分の生い立ちから吉野屋にいるこれまでを志野に話した。むろん長屋の隣人となった新八郎の力を借りて、亡き夫の敵をとった話もしたのである。

そして志野も、青柳の家を出て実の母と暮らすまでの経緯を八重に伝えた。

むろん、信頼していた恩師の遊学堂を出た理由も八重に話してくれた。母親の美也には話せなかったことだったが、八重さんなら話せる、志野はそう言ったのだ。

師のもとを去ったのは、師の息子で勇太郎《ゆうたろう》という男に言い寄られ、部屋の中まで侵入されたことが原因だったと志野はうちあけた。

遊学堂を出てから母親に会うまでの半年間は、長屋で暮らしていたのだが、その所も恩師に報せなかったのは、恩師から勇太郎に漏れる危険を考えてのことだったという。

二人は身の上を告白したことで、心を寄せあい励ましあったが、この先に不安を感じていた。ひょっとしてどこかに売り飛ばされるか、或いは殺されるか。同じ運命に立たされた二人は、生きるも死ぬも同じ船に乗っていることを知っていた。

ただ、志野は、八重が新八郎に深く心を寄せていることを感じとっていた。

八重は八重で、たいへんな道を歩いてきたとはいえ、新八郎を夫に持つ志野が羨ましく思っていた。

「志野さん、起きて……」

八重は、男二人が隣で酒を酌み交わしはじめたのを見計らって志野をゆり起こした。

「どんな事をしても、志野さんはお助けしますからね」

「いいえ、八重さんこそこんな目にあって……」

「約束しましょうね、志野さん。けっして最後まで諦《あきら》めないと」

「ええ、きっと」

二人は縛られている後ろの手を強く握り合った。

その時だった。

蠟燭《ろうそく》の火を手に持って捨松が入って来た。

「ふっふっ、明日はいよいよだな。変な真似をすれば殺す。明日の晩まで大人しくしてろ」

捨松はそう言うと、

「おい、金蔵。見張れ」

後ろを振り向いて目だけを光らせている金蔵に命令した。

隣の部屋で捨松のいびきが聞こえ始めると、見張っていた金蔵が二人に近づいてきて言った。

「あいつは人殺しだ、命があるだけでも有り難いとおもわなくちゃな」

吉野屋の女将お稲が、仙蔵を従えて油堀川に架かる千鳥橋の袂に立ったのは、まもなく夜の五ツの鐘を聞こうかという頃合いだった。

すでに日が落ちてから一刻を有する。橋から望める堀川町、永代町、伊沢町、そして加賀町の堀側通りには、軒行灯が点っていた。

月は雲に覆われていて黒雲の奥に光が見えるばかりで、今にも冷たい雨が落ちてきそうな気配である。

風は穏やかだったが、氷室《ひむろ》にいるような冷えが江戸の町全体を包んでいた。

お稲は襟巻きを掻き合わせて緊迫した目で川筋を見詰めている。

そして仙蔵はというと、吉野屋の法被《はっぴ》を着ていて、一見吉野屋の若い衆の格好だった。仙蔵は油断なく、周辺の町の辻や物陰にまで目を配っている。

この油堀川は、昼間は材木を載せた船や、とりわけ油を積んだ船がたくさん行き来しているのだが、さすがに夜となると、船の往来も少ない。

時折屋根船が遊び客を乗せて通りすぎるぐらいである。船は明々と灯をともしていて、黒く光る水面《みなも》を滑るように走ってくるのは、なかなか趣のある光景だった。だが今はそれどころではない。千鳥橋に近づいて来る船のひとつひとつを緊張して見詰めていた。

八重と志野を連れて来るには船が一番便利だと考えたからだ。人の目も避けられるし足が速い。とりひきをして逃げるのにも、水路の多い深川では船が一番便利だからだ。

「仙蔵さん、お願いしますよ。お八重さんと志野さんを引き渡して貰ったら、遠慮無く金蔵をひっくくって下さいまし」

お稲は何度も言った。

「任せて下さいやし。あっし一人じゃ偉そうなことは言えませんが、旦那お二方がすぐそこにおられる。彦次郎の親分もいつだって飛び出してくれるんだ」

「でも、金蔵はいいとして、もう一人は人殺しなんでしょ」

「人殺しだろうが何だろうが、この仙蔵にかかっちゃあおしめえよ」

啖呵《たんか》は切ってみるものの、仙蔵の声は震えている。

「あ、あれ……」

突然お稲が声を上げた。

周辺の淡い光を浴びながら、仙臺堀の方から船が近づいて来た。屋根船だった。

お稲と仙蔵は緊張のために声も出ない。息を殺して迎えている。

船には、島田屋の文字が見えた。

「きた」

仙蔵は小さな声でいい、背後の加賀町通りに枝を広げている楠木の根元を振り返った。そこには新八郎と多聞が身を潜めている筈だった。

だが正直恐怖で足が震えていた。お稲と仙蔵は、まるで蛇に魅入《みい》られたカエルのように身動きひとつ出来ずに船の近づくのを待った。

「お八重さん」

お稲は、船から女の姿が下ろされるのをみると、弾《はじ》けたように河岸に走った。

仙蔵もあとに続いた。

「金は持ってきたろうな」

薄闇の中で言ったのは金蔵だった。金蔵は八重を後ろ手にしばった縄の端を握っている。

捨松はというと、船の上で竹の竿《さお》を手に、こちらを睨み据えていた。

「お金はここにありますよ」

お稲は金の入った袋を突きだした。

「こっちへ寄こせ。そしたらお八重を放してやる」

「もう一人はどうしたのさ」

「帰すのはこの人だけだ」

「なんて事言うんだろ。あんたは、人の心を忘れたのかい。そんな人じゃあなかったでしょう。あたしと一緒になった時には、優しい人だったじゃないか。養子のあんたが息苦しくなって博奕に走るのも無理なかったかもしれないって、あたし、あんなにあんたに酷《ひど》いことされても、心のどこかで庇おうとしていたんですよ。今の今までそういう気持ちだった。それを、なんだい。情けなくって哀しいよ」

「お、お稲」

金蔵が怯《ひる》んだ。顔には戸惑いの色が表れた。

「今からでも遅くない、お八重ちゃんはもちろんだけど、もう一人の志野さんも帰して、金蔵さん」

金蔵は後ろを振り返って捨松を見た。

「馬鹿、何やってんだ」

捨松は金蔵を叱《しか》りつけると、

「百両はこの女一人の値段だ。金とひきかえだ。ここまで女将が一人で持ってくるんだ」

「ち、ちくしょう」

仙蔵は地団駄を踏むが一歩も前に足を出せない。

お稲は金蔵の側に近づくと、金蔵の目を睨みながら金の入っている袋を突きだした。

金蔵は目を伏せた。金の袋をつかむと八重を繋いでいる縄を手放した。

「女将さん」

「お八重さん」

二人は抱き合った。

仙蔵が走って来て十手を出した。

薄闇の中から新八郎と多聞も現れた。

それを見た金蔵が後ずさる。

「やめて下さい！　志野さんの身に何が起こるかしれません。志野さんは船の中にいます」

八重が叫んだ。

新八郎も多聞も仙蔵もそこに立ちつくす。

船の中には、確かに八重の言うとおり、後ろ手にしばられ、猿ぐつわを嵌められた志野が座らされていた。そういえば障子にぼんやりと人の影がみえる。

「その通りだ」

捨松は障子戸を開けて志野の縛られた姿をちらりと見せると、

「いいか。この船を尾けることもゆるさねえ。もしも追っ手の船を見た時には、即刻この女を殺す」

捨松は金蔵を急がせて船に乗せると、船は大川に舳先を向けた。

「志野……」

新八郎は、垣間見た志野の姿に胆も潰れるほどの動揺を覚えていた。怒りに震えながら船を見送った。

彦次郎が捕り方たちを連れて走ってきたが、黙って船を見送るほかすべはなかった。

八

お稲は、八重の前に深川の絵図を広げた。

「八重さん、八重さんたちが閉じこめられていた所は、どの辺りかわかりますか」

「はい」

八重は絵図をさらに自分の膝元に寄せると、じっと睨んだ。

その八重の表情の動きを、新八郎たちが緊張した顔で見守っている。

「深川の彦次郎親分の話では、どこをどう捜しても伊八が奪われた屋根船は見あたらなかったという話だが、奴らはどう考えても深川のうちだ。他の土地に出たとは考えられねえ」

仙蔵が絵図を見ながら呟いた。

「仙蔵、入り堀は捜したのか……屋敷やその町内だけに船を引き込もうとして作った堀だ」

多聞も絵図を覗きながら聞く。

「もちろんですよ、ただ、彦次郎親分も知らねえような入り堀があれば別だぜ」

仙蔵は自信のないような返事をした。実際、そういわざるを得ないほど、深川の堀は大小の堀や川をあわせると大変な数の水路がめぐらされている。

「やっぱりわかりませんね」

八重は絵図から顔を上げた。そして言った。

「拐かされて船に乗せられてまもなく、三十三間堂の船着き場で船頭さんが下ろされたんですが、私たちはその時から目隠しをされました。それで私、三十三間堂を出発した時から数を数えてみたんです。押し込まれた家まで五千の数は数えたと思います」

「まことか」

多聞は驚いて八重を見た。

「はい。志野さんは五千五百だと言っていました」

「船の速度、数え方によって三十三間堂からの距離は違って来るが、しかし仙蔵がいま言った深川から外には出ていないな。隠れ家は深川のうちだ」

新八郎が言った。微かな希望が見えたような高ぶりが生まれていた。

「それから、お金と交換にひき渡されたこのたびの場合ですが隠れ家から千鳥橋まで、こんども目隠しをされましたが、数えていましたから」

「何、幾つだった」

多聞が訊いた。

「千と五百」

一同はそれを聞いて顔を見合わせた。思いがけない収穫である。

新八郎の指が三十三間堂から北に向かい、仙臺堀を西に滑り、今川町一帯で止まった。

「今川町か」

多聞が言った。するとお稲が、

「もしかして、あそこかもしれません」

絵図から顔を上げて驚いた顔で一同を見渡した。

「私の父親が材木町のお米屋さんから譲り受けたところです。隠居家だったところを買い受けて、一度は人に貸したりしていたのですが、その後ほったらかしで、今じゃ廃屋同然だと思いますが、そこには屋根船が一艘入れる池があります。池は仙臺堀と繋がっていて、普段は仕切りの柵《さく》がありますから、他所《よそ》の人は入れないようになっているんですが、金蔵ならその家のことはよく知っていますから……」

新八郎と多聞は互いに見合って立ち上がった。

「ここです。この家です」

お稲の案内でたどり着いた今川町の家は、仙臺堀が引いた水路の行き当たりだった。そこに池が見えた。枯れた芒《すすき》や茅《かや》の葉が池に垂れ下がっている。

庭には草が生い茂り、仙蔵が照らす前方に家屋があった。腐食しはじめた木の臭《にお》いがしている。家屋はそうとう古いものらしかった。

その家屋の玄関口は開いていた。そればかりか、そこに倒れている人の体が見えた。

新八郎と多聞と仙蔵、それにお稲は、玄関に走った。

「あんた……」

仙蔵が照らした者は、金蔵の血にまみれた顔だった。

「あんた、金蔵さん」

お稲が駆け寄ると、金蔵はかすかに目を開けてお稲を見上げた。

「いったい、何があったんですか」

お稲は思わず金蔵を抱き上げていた。

「すまねえ……」

金蔵は痛いのか顔を歪《ゆが》めたが、お稲を見る目はうれしそうだった。

「捨松にやられたんだな」

側から新八郎が聞く。金蔵は頷くと、

「志野さんて女を帰してやった方がいいとあっしが言ったものだから、あいつは怒ってこの始末だ」

「あんた」

お稲は泣き出しそうになった。

「俺は目が覚めたんだ、お稲の言葉にな。お稲、すまなかったな」

金蔵の目から涙がこぼれ落ちた。

「おい、捨松は何処だ。志野さんも一緒か」

多聞が尋ねると、

「一緒だ。志野さんは女郎屋に売って金にかえると捨松が言っていた」

「なんだと、どこに売ると言っていたんだ」

「上方です。岩五郎って親分が……上方に」

「岩五郎だと、おまえが刺したあの岩五郎か」

金蔵は頷いたが、突然血を吐いた。

「あんた……金蔵さん！」

お稲が呼びかけるが、金蔵はぐったりして動かなくなった。

新八郎は脈を診た。脈は止まっていた。

「ほんとに、馬鹿なんだから」

お稲は金蔵の顔に呟いた。


翌日新八郎と多聞は、冬木町の仙臺堀通りにある古道具屋の店先から外をずっと眺めていた。

この古道具屋から奥に入っていく道は最後は行き止まりになっている。冬木町の南側は武家の屋敷が並んでいるためだ。

岩五郎の口入れ屋はこの横丁の中程にあった。

新八郎たちはその店に出入りする者たちをずっと見張っているのだった。行方の知れなくなった捨松を捕まえて志野を救い出すためだった。

もう三刻は見張っている。古道具屋の親父に断って店の中からの見張りとはいえ、外は白い雪が降り始めた。体が芯から冷えて、時々二人は足踏みをしたり手を蠅《はえ》のように忙しくこすりあわせたりして暖をとった。

あんまり気の毒に思ったのか、親父が一度出がらしの茶を出してくれた。その熱い茶で二人は昼の握り飯を食べた。

女将のお稲と八重が握ってくれた握り飯だった。梅干しと鮭《さけ》が入っていた。

いっとき体は温まったが、また先ほどから指先が冷えて来た。

ふっと横丁に目を走らせた時だった。

仙蔵が岩五郎の店から出てきて、こちらの店に飛び込んで来た。仙蔵は木場の人足の口入れを探しているふりをして店の中を探ってきたのだ。

「捨松の現れた様子はございやせんね」

がっかりした顔をしてみせた。

「待て、仙蔵」

堀端を見ていた多聞が、仙蔵の腕をひっぱって横に退けた。

いま古道具屋の角を曲がったのは、紛れもなく捨松だった。

「野郎、やっぱり志野さんを売るつもりなんだな」

三人は辛抱強く捨松が出て来るのを待った。

捨松が出てくれば、それを尾けていって志野を助け出そうという算段だ。

今度は仙臺堀に御用船も御奉行所は用意してくれてあるから、万一捨松が船を使っていても逃がすことはない。

そう思って堀端を注視していたのだが、捨松は歩いてここまでやってきた。

志野はどこかに縛りつけてある。そうしておいて商談にきたというのが相場だろう。

捨松は思ったより早く店を出て戻って来た。一人ではなかった。なんと、岩五郎と岩五郎の手下二人と一緒だった。

四人は仙臺堀を西に向かって海辺橋の袂から南に折れた。雪が激しく降り始めて、四人の肩に落ちていくのを見据えながら、新八郎たちは後を尾けた。

四人は寺町に入ると、小さな廃寺に入って行った。門も壊れ庭も荒れるにまかせた古い寺で、降りしきる雪は、なぎ倒されたようになって枯れている庭の草の上にも落ちていた。

枯れ草と一緒に積もり始めた雪を踏んだ乱れた足跡は、寺の本堂に続いている。

今さっき捨松や岩五郎がここを通ったという証拠だった。

音を立てないように三人は寺の中に入り、植え込みの中から本堂を覗いた。

——志野……。

新八郎の胸は早鐘を打ち始めた。

視線の先に後ろ手に縛られた志野の姿が見えた。やつれていた。蒼白の頬に黒髪が落ちている。頭《こうべ》を垂れたままでいるのは、もう首を上げる元気もないのかもしれなかった。

捨松が、志野の顔を無理矢理上げて岩五郎に見せている。

満悦の岩五郎の顔が見えた。

そうして二人は、手下と一緒に、奥の部屋に移って行った。

新八郎は飛び出していた。

「新八郎」

多聞の呼ぶ声が聞こえたが、新八郎は本堂に飛び上がって志野の縄を素早く切った。

「志野！」

呼びかけたその刹那、新八郎の後ろから木刀が振り下ろされた。

「あぶない！」

志野を庇いながら新八郎は手下の木刀を刀の鞘《さや》で払った。

「親分！」

手下が奥にむかって大声を出した。岩五郎と捨松が飛んで出てきた。

「誰だ！」

捨松が叫ぶと同時に匕首を抜いた。岩五郎も匕首を握っている。

「こちらの、志野の亭主だ」

新八郎は志野をちらと見て言った。

志野は驚きのあまり声も出せないで見詰めている。

「亭主だと、冗談じゃねえや、その女はたった今この捨松から買った女だ。京に連れていきゃあ百両、いや、二百両にもなるかもしれねえ。もう旦那の女房なんかじゃあないんだ」

岩五郎は言い捨てると、背中を丸めて襲って来た。

新八郎は刀を抜きざま、岩五郎の匕首を撥ねた。

だが岩五郎はすぐにくるりと向きを変えて腰を落とした。歳のわりには俊敏な男だった。

「捨松、お前たちは俺が相手だ」

多聞の声がした。多聞はのっしのっしと捨松の前に出た。

その時だった。岩五郎が笑みを漏らした。

「ふん、口入れの親爺がと感心してくれたかい。そうよ、俺はただの親爺じゃねえぜ。人を殺すなんてことはなんとも思ってねえんだ」

「大きな口をたたくのはそれまでだな。浪人だと侮《あなど》っては怪我をするぞ。捨松を渡して神妙にしろ」

新八郎が言った。

「それは出来ねえ、捨松は俺の弟だ」

「何……」

「今頃気づいたのか。弟を使って金蔵をそそのかせたのも俺だ。馬鹿な奴だぜあいつは。昔の女房を脅して金を巻き上げてくれれば、この腕の傷のことは目を瞑ってやろうとそそのかしたら乗ってきやがった。そういうことだ。可愛い弟を役人の手に渡してたまるものか。死ね」

岩五郎は新八郎の胸を狙って飛びかかってきた。

「命しらずめ」

新八郎は岩五郎の手首に小手を打った。

音を立てて匕首が落ちた。すかさず岩五郎の腕をとるとねじ上げた。

「うう」

岩五郎は膝をついた。その腹に、新八郎は思い切り蹴《け》りを入れた。

どたりと岩五郎が落ちた。新八郎は岩五郎の襟首を摑んでひき上げると、今度はその頬に鉄拳をくらわした。岩五郎は顔を横に向けて飛び、床の上に大きな音をたてて落ちた。

岩五郎はぴくりともしなかった。それを確めてから首を回して多聞の方を見た。多聞も捨松を刀の峰で打ったところだった。

「旦那！」

仙蔵の叫び声に振り向くと、志野を庇った仙蔵が、二人の手下に追い詰められていた。

新八郎も多聞も走った。

新八郎は志野に覆い被さった手下の襟首を引っ張って起こし、その顔を膝で打った。手下は壁に背中ごと当たってずるずると落ちていった。

「志野！」

新八郎は志野に走り寄ろうとしたが、

「あっ！」

声を上げてひっくり返った。

「旦那！」

仙蔵の叫びとともに新八郎は頭に強い衝撃を受けた。瞬く間に気を失った。

新八郎は、夢の中で志野の後ろ姿を追い続けていた。

追っかけても追っかけても志野は逃げていく。

――志野、行くな。志野。

呼び続けるが声が出なかった。だが次の言葉は確かに声になって出た。

「志野……」

呼んだと同時に目が覚めた。

「助かったぞ」

部屋の中で多聞の声がしている。

ゆっくり目を開けると、誰かが自分を見詰めているのがわかった。

志野だった。

志野は喜びの笑みを見せたが、その目にやがて涙があふれ出た。

「志野……」

「あなた……新八郎さま」

新八郎が伸ばした手を志野がしっかりと握った。

新八郎は腐った床を踏み抜いて転倒し、頭をしたたかに打って気を失っていたのである。

多聞と仙蔵はまもなくやってきた捕り方に捨松や岩五郎の身柄を渡すと、新八郎を万年町の旅籠《はたご》に運んで医者を呼んだ。

八重もかけつけて志野と四人で気がつくのを待っていたのだ。

「終わったな……」

多聞は言い、仙蔵と静かに部屋の外に出て行った。

八重も立ち上がった。

「八重さま」

志野に呼びとめられて八重は振り返った。

その八重に、志野は両手をついて深々と頭を下げた。

「もうけっして離れてはいけませんよ」

八重はそう言って部屋を出た。八重は新八郎の顔を見ることが出来なかった。

外に出ると一面雪に覆われていた。

雪燈《ゆきあかり》が行く手をほのかに照らしている。

その雪燈の道を寄り添って行く新八郎と志野の姿が八重には目に見えるようだっ

た。

「おしあわせに……」

そう呟いた八重の頬に、とめどなく涙があふれ出る。

八重はうずくまって泣いた。ひとしきり泣いて立ち上がった時、

「八重さん……」

にこにこして多聞と仙蔵が近づいてきた。

# あとがき

新型コロナウイルスの大騒動真《ま》っ只中《ただなか》で出版してきたこのシリーズも、いよいよ最終巻となりました。

この間、書店は一時閉鎖、外出自粛の事態を受け、せっかくの新装版が読者の皆様のもとに届くのかと案じたこともございました。

なにしろ得体の知れない流行病《はやりやまい》ですから、感染すれば命の危険にさらされるとあっては、暮らし方ひとつとっても、おっかなびっくり。

私などは臆病者ですから、外出する時にはフェイスシールド付きの帽子を被《かぶ》り、マスクをし、使い捨ての手袋をし、アルコールの消毒液を持ち歩くという徹底ぶりで過ごしてきました。

遠く江戸時代にも、流行病で人々はパニック状態になったことが何度もありました。

コロナとその名が良く似たコレラという病気が幕末に流行った時には、人々の混乱は今の比ではありませんでした。

日本に最初にコレラが流行したのは文政五年（一八二二）ですが、この時は箱根で食い止めて江戸は被害に遭うことはありませんでした。だが安政五年（一八五八）には、嘉永六年（一八五三）にペリーの艦隊とともに上陸したコレラが猛威を振るい、安政二年の大地震で亡くなった人の数を大きく上回ったようです。

なにしろ感染経路や防御方法、治療薬など皆無ですから、人々は神仏に祈るしか方法がないようなありさまで、葬送の列は途切れることを知らず、火葬場には棺がうず高く積まれていたと記録にあるから、その恐怖たるや新型コロナどころではなかったと思われます。

とはいえ、このような騒動に巻き込まれたのは私も初めてですから、募るのは不安ばかり。

そんなこんな騒動の中で、このシリーズを読み継いで下さった皆様には、本当に感謝しております。

そこでこのシリーズを閉じるにあたり、私が一番悩んだことをお伝えしたいと思います。

どのシリーズでも最終巻が一番難しい。苦心することになるのですが、とりわけこのシリーズでは――最終巻で志野が生きていることにするのか――これが大きな悩みの種でした。

　志野が生きていて新八郎と再会し、新たに二人で再出発するのか、はたまた志野は亡くなっていて、新八郎は八重との道行きを考えることになるのか、いずれにしても新八郎にとっては、悩ましい結果になることは確かである。

　志野にも八重にも、女としての魅力を私は感じていたし、男と女の究極の愛情は、心の奥に秘めた揺るぎのない愛だと思えば、いよいよどのように決着するのか迷いに迷った。

　その結果どのような結末になったのか、静かな大人三人の愛の行方を皆様にお伝えして、と思ったが――おっと、ここでお知らせしては興醒《きょうざ》めとなるでしょう。やはりこの本を読んでいただき、私の悩みのあとも見ていただきたいと思います。

　もうひとつ、読者の皆様にお伝えしたいのは、新八郎に心酔して常にこのシリーズの中で同行してきた仙蔵という男です。

　役者でいえば端役の存在ですが、私は仙蔵にも愛着がありました。仙蔵はもとは巾着《きんちゃく》切り、つまり掏摸《すり》です。放っておけば、末にはお縄を掛けられそうな人物でしたが、その仙蔵が新八郎に接することで巾着切りを辞め、とうがらし売りになり、次にははみがき粉売りになり、商いを次から次にかえながらも、一人の人間として成長していくのです。

最後には町奉行所の与力の手下になるのですが、おちゃらけだった青年が、ひとつひとつ成長していく姿は、書いている私も楽しく、私の心の奥底に、努力は報われるということを信じてほしいし信じたい、又そうあるべきだと思うものがありました。

そしてもう一人の相棒、八雲多聞は、新八郎の性格とは真逆の浪人。肩の凝らない生き方は、これはこれで愛すべき男性の一人ではないかと思って書き綴《つづ》ってまいりました。

第一巻の登場場面では、多聞ががまの油売りで口上を述べるところがあるのですが、作家としても大いに楽しめる、くすくす笑いながら書いた覚えがあります。

このシリーズ『浄瑠璃長屋春秋記』は小説家になってまもなく書き始めたものですが、今この本を編集して下さっている編集者の方との出会いの本でもありました。思い出深い、とても愛着のあるシリーズです。

最後まで楽しんで読んで頂きたいと思います。

二〇二〇年七月

―――本書のプロフィール―――

本書は、二〇一四年十二月に徳間文庫から刊行された同名作品を、加筆改稿して文庫化したものです。

小学館文庫

浄瑠璃長屋春秋記《じょうるりながやしゅんじゅうき》
雪燈《ゆきあかり》

著者　藤原緋沙子《ふじわらひさこ》

二〇二〇年八月十日　初版第一刷発行

発行人　飯田昌宏
発行所　株式会社 小学館
〒一〇一-八〇〇一
東京都千代田区一ツ橋二-三-一
電話　編集〇三-三二三〇-五九五九
　　　販売〇三-五二八一-三五五五
印刷所――――中央精版印刷株式会社



この文庫の詳しい内容はインターネットで24時間ご覧になれます。
小学館公式ホームページ　https://www.shogakukan.co.jp


ISBN978-4-09-406798-9